Julie
Vassalli

Pour Lily

Marie Desplechin

Pour Lily

Quartier sensible

Illustré par Olivier Balez

neuf
l'école des loisirs
11, rue de Sèvres, Paris 6e

Loi n° 49.956 du 16 juillet 1949 sur les publications
destinées à la jeunesse : septembre 2022
Dépôt légal : septembre 2022
Imprimé en France par Aubin Imprimeur
à Ligugé

ISBN 978-2-211-32405-2

À Roxanne Emery,
parce qu'elle l'a demandé
(entre autres).

1

Le nouveau quartier

– Tu te feras de nouveaux amis, m'a dit ma mère.

– Et si je n'ai pas d'amis ? Je pourrai retourner dans mon ancien quartier ?

– Non, m'a dit ma mère. Non, bien sûr.

– Bon, alors, est-ce que je pourrai avoir un vélo ?

C'est comme ça qu'on a déménagé et que ma mère m'a payé un vélo. Et bien sûr, je ne me suis pas fait de nouveaux amis.

J'accroche mon vélo devant le portail du collège avec une chaîne et deux cadenas. C'est un vieux vélo que ma mère a trouvé sur un site de revente. Le cadre a été repeint en rouge. On voit les traces de pinceau. Il est trop moche pour qu'on me le vole. Je suis tranquille.

– Attends-moi. Je reviens tout de suite.

C'est ce que je dis au guidon en entrant dans le collège.

– Tu ne t'es pas trop ennuyé ?

C'est ce que je lui demande en sortant.

Personne ne m'adresse la parole dans ce collège, à part les profs. Si c'est pour parler à un prof, je préfère encore discuter avec un vélo.

– J'irai pas à la cantine.

J'ai prévenu ma mère. Elle n'a pas eu l'air très contente.

– Je travaille à l'heure du déjeuner.

– Je me ferai un sandwich.

– Je ne sais pas si tu es assez responsable…

– J'irai pas à la cantine, de toute façon.

Ma mère a haussé les épaules.

– Je te donne un essai d'un mois. Si tu es en retard au collège une seule fois, je t'inscris à la cantine, que tu sois d'accord ou non.

Je ne suis jamais en retard. J'ai l'heure sur mon téléphone. Je mange un sandwich en regardant des posts sur les serpents. J'ai pas d'amis mais j'ai la paix.

J'aimais bien qu'on me remarque, avant. Je prenais la parole quand ça me plaisait. Je mettais les pieds sur la table. On m'envoyait chez le directeur.

– C'est quoi, le problème aujourd'hui, Jérémie ? demandait le directeur.

Je ne répondais pas parce que je n'ai pas de problèmes. Ensuite ma mère était déprimée et j'étais privé d'entraînement de foot. Je me suis calmé. Ici, personne ne me remarque, je n'intéresse personne. Je suis arrivé dans cette sixième après les vacances de Noël. C'était trop tard. Les groupes étaient déjà faits. Il n'y avait plus de place pour moi. Je me suis assis au fond, je suis devenu invisible, et voilà. Ma mère n'a plus besoin de me punir. Dommage qu'il n'y ait pas de club de foot ici, je ne peux même pas en profiter.

Quand je m'ennuie, je fais des tours de vélo. Je pense à des trucs. Je pense à ma vie plus tard, quand je serai grand et que je pourrai partir de chez ma mère. Je vivrai dans un camion. C'est très possible de vivre dans un camion, on peut dormir dedans. On n'est pas obligé de se chercher un logement trop loin, trop cher ou dans un quartier pourri. On n'est pas obligé de déménager à cause des embrouilles, des vendeurs de drogue ou du bruit des motos la nuit. On s'en va et c'est tout. J'aimerais bien être grand tout de suite. J'ai trop la flemme d'être un enfant. C'est trop long.

Je préférais quand on habitait dans la cité, avec la boulangerie, la pharmacie et le bazar en bas. C'était bruyant mais c'était carré. J'avais l'habitude. Ici, tout est étalé en désordre. Il y a des petites maisons collées en rang les unes à côté des autres, des immeubles gris pas très hauts, et trois grandes tours posées sur une dalle devant le collège. Comme si quelqu'un avait jeté tout ça au hasard à côté d'une grand-route, le long des rails de la gare de triage.

Pour les commerces, il faut aller jusqu'à l'hyper. Ma mère prend le bus parce qu'à pied c'est trop loin. Parfois j'y vais à vélo pour acheter un pain. L'avantage, c'est que je peux passer par différents chemins, la route du bus ou les petites rues qui circulent entre les maisons et les immeubles.

– Fais attention avec ton vélo ! crie ma mère quand je sors.

Elle s'inquiète tout le temps. Je fais attention. Ce sont les autres qui font n'importe quoi.

Les gens de ma classe se connaissent depuis qu'ils sont en maternelle. Ils ne s'intéressent pas aux étrangers. C'est normal. Dans mon ancienne vie, j'étais comme eux. Je demandais à ma mère d'acheter la photo de classe. Pas cette année. Cette année, je me fiche bien de la photo de classe et de ceux qui sont dessus. Je veux les oublier.

La prof d'histoire a commencé une leçon sur les droits de l'homme. On avait fait « Le respect » à l'école primaire, c'est un peu pareil. Ce sont des leçons obligatoires d'éducation morale et civique, pour que les élèves se tiennent mieux. Elle a accroché une affiche au mur de sa classe, entre la photo des pyramides et la porte. Sur l'affiche, il est écrit : « Les hommes naissent et demeurent libres et égaux en droits. » Elle a l'air contente de la phrase. Les lettres sont de toutes les couleurs.

– Les hommes peut-être, proteste Saskia. Mais pas les enfants.

La prof fait une grimace.

– Saskia, on lève la main avant d'intervenir !

– Oui, madame.

Saskia lève la main.

– Pas les enfants, c'est tout ce que je voulais dire.

Saskia ressemble au garçon que j'étais avant de changer de quartier. Elle fait ce qui lui passe par la tête. Elle est partout chez elle. Elle fait sa loi.

La prof fronce le sourcil.

– Peut-on savoir, Saskia, en quoi tu n'es pas l'égale de...

Son regard parcourt la classe. Elle fait attention à ne pas prendre un garçon. Beaucoup de garçons ici se croient meilleurs que les filles. Elle ne prend pas Aya qui a mauvais caractère et qui serait vexée qu'on lui donne une égale, surtout Saskia. Elle s'arrête sur une fille qui dort à moitié sur sa chaise.

– En quoi tu n'es pas l'égale de Lily ?

Lily se redresse d'un coup. Elle se demande ce qu'elle a fait de mal.

– Quoi ?!

– Rien, dit la prof. Je parle à Saskia.

– Ah… soupire Lily.

– Madame, fait Saskia, c'est pas un bon exemple. Lily part à toutes les vacances depuis qu'on est en primaire. Moi, la seule fois où je suis sortie d'ici, c'est en janvier, quand le bus nous a emmenés au musée de la Guerre à Caen, et qu'on a vu la mer !

La prof a un petit sourire.

– Tu auras d'autres occasions de voyager, Saskia, et tu en profiteras. Parce que vous avez les mêmes droits, Lily et toi, même si vous avez des vies différentes. Vous êtes égales. C'est ce que dit la loi.

Lily est dégoûtée.

– J'y suis pour rien dans cette histoire. C'est parce que je dois aller chez ma grand-mère à Beauvais.

Saskia n'a pas l'intention de renoncer pour si peu. Elle insiste.

– Madame, à quoi ça sert d'avoir les mêmes

droits si on peut pas avoir les mêmes vacances ? Elle est nulle, cette loi.

Ça ricane dans la classe. La prof ferme les yeux. Elle se concentre avant d'exploser. Quand elle rouvre les yeux, elle hurle :

– Ça suffit, maintenant ! Silence !

C'est la fin de la leçon sur la Déclaration des droits de l'homme.

2
Lily

Je me souviens d'avoir été comme Saskia. Je me souviens d'avoir été à l'aise et respecté. Quand nous sommes sortis dans le couloir, je m'approche d'elle. Je lui dis :

– Moi. Je suis ton égal.

Elle n'en revient pas que je lui parle. Elle me regarde comme si j'étais un ver de terre.

– Toi ? Ça m'étonnerait.

– Je pars pas en vacances. J'ai même pas vu la mer. J'étais pas encore dans la classe, le jour du voyage à Caen.

Ses yeux me fixent maintenant comme si j'étais moins qu'un ver de terre. Un ver de terre écrasé.

– T'es mon égal en moins bien, alors. T'as vraiment pas de chance.

Elle prend sa veste et elle part avec les autres. Je reste tout seul devant les porte-manteaux. J'ai l'air d'un idiot.

– À quoi tu penses ? demande Lily.

Je suis devant mon vélo, en train d'ouvrir mes cadenas. Je ne l'ai pas entendue arriver. Elle est très discrète. À la différence de Saskia, c'est une personne qu'on remarque peu dans une classe.

– À rien.

– T'as l'air fâché.

– Je ne suis pas fâché.

– Saskia...

– Je sais.

– Non, tu ne sais pas. Je déteste Beauvais.

Je finis de détacher mon vélo. Qu'est-ce qu'elle veut que je lui réponde ? Et pourquoi elle me parle ? Elle a vu Saskia me rembarrer et maintenant je lui fais pitié... C'est ça. Elle me fait la charité.

– Je peux être ton égale, moi, si tu veux.

Elle est folle. Je me redresse, mes cadenas à la main. Un égal, c'est comme un autre soi-même. Il faut s'en occuper un minimum. Alors non. Je n'ai pas envie de m'occuper d'elle, de faire des efforts pour elle. Pas envie d'être responsable d'elle.

Elle me regarde et elle attend. On est là devant mon vélo, raides comme deux bouts de bois, à ne pas savoir quoi dire. C'est horrible. Et ce n'est même pas ma faute, je lui ai rien demandé… Je prends la première excuse qui me vient.

– Malheureusement, c'est pas possible. L'égalité, on choisit pas.

Elle n'a pas l'air triste. Elle a l'air écœurée. Elle hausse les épaules.

– Dommage que Saskia veuille pas de toi. Vous êtes aussi cons l'un que l'autre.

Elle me laisse avec mon vélo et mes clés. Je la regarde s'éloigner. Elle a un sac à dos rose. Un sac à dos rose ridicule. C'est la deuxième fille qui me plante aujourd'hui. Il y a longtemps que je n'ai pas eu autant de relations sociales.

Et maintenant je n'arrive pas à dormir. J'essaie de penser à mon camion, d'imaginer les endroits où je m'arrêterai, dans une forêt, ou sur une plage. D'habitude, penser au camion me calme. Mais cette fois, ça ne marche pas. Des images de Lily me tournent dans la tête. Je vois son sac à dos rose, et son visage qui attend ma réponse. Je m'entends dire : « C'est pas possible, on choisit pas. » Je me demande si elle est déçue ou si elle me méprise. Je me souviens de son regard : elle me méprise. Elle a raison. À sa place, moi aussi, je me mépriserais.

« On choisit pas. » Mais quel abruti ! Pourquoi j'ai dit ça ? Pour me débarrasser d'elle.

Tout ce que j'ai choisi, c'est de la rembarrer. Exactement comme Saskia l'a fait avec moi. Je voudrais revenir en arrière dans le temps. Dire autre chose. Avoir l'air intelligent.

Je suis trop nerveux. Faut que je me calme. Il doit rester un paquet de biscuits dans le placard de la cuisine. Je me lève de mon lit, lentement, j'ouvre silencieusement la porte de ma chambre. Et là, bien sûr, j'entends résonner la voix de ma mère.

– Jérémie ?! Ça va ?

Elle dort jamais, elle ?! Je referme la porte et je me recouche. Vivement le camion.

J'ai écrit une lettre, ce matin, avant de sortir. « Lily, c'était n'importe quoi. Je veux bien être ton égal. Fais-moi un signe si t'es toujours d'accord. Genre un clin d'œil. Signé : Jérémie » Je la plie et je la glisse dans la poche arrière de mon pantalon.

Je suis encore nerveux quand j'arrive à l'école. Je me suis endormi trop tard. Et puis je suis inquiet. Ce n'est pas tout d'écrire une lettre, après il faut la donner.

J'attends l'heure de la récréation, celle entre la première et la deuxième heure de français. Je vais mettre ma lettre dans sa trousse, comme si c'était une boîte aux lettres. Elle la trouvera, elle me fera un signe. Et on n'en parle plus.

J'attends que la classe se précipite dans le couloir pour me lever. Lily sort avec les autres. Je vais jusqu'à sa table. Sa trousse est ouverte. Je m'apprête à glisser ma lettre dedans. Et c'est là que ça dérape. Aya a oublié son goûter dans son sac. Elle est de retour dans la salle et elle me voit penché sur la trousse de Lily. Elle hurle :

– Il y a Jérémie qui vole dans la trousse de Lily !

Ils sont quatre à entrer en trombe dans la classe. Pas Lily, qui doit déjà être dans la cour. Mais Saskia, dont les yeux brillent d'excitation.

– Tu voles, maintenant ?

Elle me regarde avec gourmandise, on dirait le chat des dessins animés, celui qui attrape la souris. Les autres rigolent. Ils attendent de me voir arrêté, jugé et condamné. Aya reste plantée à côté de moi, comme si elle craignait que je m'enfuie. Je me sens fatigué. Saskia ne bouge pas de l'encadrement de la porte, on dirait qu'elle a peur d'approcher un voleur de trop près.

– Tu dis rien, Jérémie ?

– Je ne volais pas.

Le sourire du chat s'agrandit.

– Ah oui ?

– Je mettais quelque chose dans la trousse.

Ils ne me croient pas. Pas sans preuve. Qu'est-ce que j'avais à donner à Lily ? Pourquoi dans sa trousse ? Pourquoi me cacher ?

Je secoue ma lettre devant moi.

– C'est rien. C'est ça.

Ils ont ce qu'ils veulent. Ils se ruent vers l'escalier en criant.

– Lily ! Lily ! Jérémie t'a écrit une lettre !

C'est la première fois qu'on s'intéresse à moi dans cette classe. Et pour une première, c'est un triomphe. Tout le collège sait maintenant comment je m'appelle. Je regrette le temps où j'étais invisible.

Si je pouvais, je resterais seul dans la classe vide. Dommage que ce soit interdit. Je remets ma lettre dans ma poche et je descends l'escalier le plus lentement possible. Avec un peu de chance, j'entendrai la sonnerie avant d'être en bas. Mais non. J'arrive dans la cour où la petite bande de Saskia me dévore des yeux. Je vois Saskia aller vers Lily, la prendre par le bras et la traîner jusqu'à moi. Je ne donnerai pas ma lettre, pas comme ça. Jamais de la vie.

– Il a une lettre pour toi, dit Saskia. Vas-y, Jérémie, donne-lui !

Nous sommes devenus un événement. Une attraction autour de laquelle on s'attroupe. Qu'est-ce qu'ils attendent tous ? Que je me défende ? Que je me batte ? Je fais des efforts de dingue pour rester calme. Je regarde Lily. Elle a l'air ahuri de celle qui ne comprend pas ce qu'elle fait là, pourquoi elle n'est pas plutôt allongée sur son lit, à regarder l'écran de son téléphone. Ses yeux sont vides. Est-ce la même fille qui me proposait l'égalité, hier, devant mon vélo, et qui me méprisait d'être trop bête pour accepter ? J'ai dû rêver.

Nous nous tenons face à face. Elle ne dit rien, je ne dis rien. Le spectacle s'éternise et le public s'impatiente. Ce n'est pas ce qu'avait prévu Saskia. Saskia veut de l'action.

– Hé, Jérémie ! Qu'est-ce que t'attends ?

C'est vrai. Qu'est-ce que j'attends pour foncer dans le tas ? Lily ouvre alors tout grands les yeux qu'elle gardait à demi fermés. Elle me fixe, je la reconnais. La fille d'hier est revenue, elle est dans ses yeux.

– Garde ta lettre, fait Lily. Je sais ce qu'il y a dedans.

Saskia voit que la situation lui échappe. Elle crie :

– Quoi ? Quoi ? Qu'est-ce qu'il y a dedans ?

– La reconnaissance, répond Lily. C'est la validation de reconnaissance. C'est ça, hein, Jérémie ?

Les lèvres muettes de Saskia répètent « validation de reconnaissance ». Saskia n'y comprend rien. Moi non plus. Je m'entends répondre :

– Oui, c'est ça.

– C'était pas la peine. J'ai les informations.

Lily laisse retomber ses paupières. Elle reprend le ton fatigué de celle qu'on a dérangée pour rien. Elle se tourne vers Saskia.

– C'est fini ? Je peux y aller ?

Lily s'éloigne sans un regard pour moi. Le scandale attendu vient de s'écraser tout seul. L'assistance, qui espérait mieux, se disperse. Saskia me tombe dessus.

– C'est quoi, ces embrouilles, vous deux ?

Je serais bien incapable de lui répondre, même si j'en avais envie. Je me contente d'un léger sourire qui, j'espère, montrera à quel point je maîtrise la situation. Mais on ne se débarrasse pas de Saskia aussi rapidement.

– Je savais pas que vous traîniez ensemble, dit-elle, et sa voix sonne comme un avertissement. Une fille comme elle. J'aurais pas cru…

Moi non plus, Saskia, moi non plus, j'aurais pas cru.

3

La lettre

Lily est assise deux rangs devant moi. Elle choisit toujours une place au bout, à côté de la fenêtre. Je vois son dos et l'arrière de son crâne. Elle ne bouge pas, sauf pour passer la main dans ses cheveux. Elle n'intervient jamais en cours, à moins qu'on ne l'interroge. Elle regarde dehors à longueur de journée. Parce qu'elle se manifeste si peu, on a l'impression qu'elle est transparente. Avant la leçon sur les droits de l'homme, je ne l'avais pas vraiment vue. Si elle disparaissait du jour au lendemain, pas sûr qu'on remarquerait son absence.

À l'inverse, si Saskia n'était plus là, un énorme trou se creuserait dans la classe. Même les profs la regretteraient. Elle prend la parole sans arrêt, et rarement pour apporter quelque chose d'intéressant. Elle, au moins, elle participe. Et quand elle est trop pénible, ils peuvent la pourrir en salle des profs. Sans elle, ils s'ennuieraient.

Quant à ses followers, Élias, Léonore, Candice, Niklas, je ne sais pas ce qu'ils deviendraient. Ils seraient complètement perdus. Peut-être qu'il faudrait les déscolariser. À moins qu'ils ne trouvent très vite une nouvelle commandante. Aya, par exemple. Aya pourrait prendre la place de Saskia. Elle a assez de caractère pour ça. Seulement, elle n'en a rien à faire d'avoir une bande. Tout ce qu'elle veut, c'est qu'on lui fiche la paix. En fait de caractère, elle a un caractère atroce.

La prof de français passe dans les allées pour rendre les contrôles. Elle marche tranquillement, elle parle doucement, elle prend son temps. On dirait que ça lui plaît de distribuer les notes et d'ajouter ses petits commentaires.

Elle s'arrête à côté de Lily.

– Ce qui est dommage avec toi, Lily, c'est que tu as des capacités. Ça pourrait être très convenable, si tu t'en donnais les moyens. Je pourrais me dire que le français ne t'intéresse pas, mais c'est la même chose dans toutes les matières. Tu veux bien venir t'asseoir en cours, et ça s'arrête là… Il faut te ressaisir, ma petite fille !

La main de Lily se tend pour prendre la copie et la prof fait un demi-tour sur elle-même. Elle me fusille des yeux. C'est mon tour. Je me situe dans la même zone de nullité que Lily.

– Quant à toi, Jérémie, on se demande ce que tu as dans la tête. Tu redoubles. Le programme, tu l'as déjà vu. Je sais bien que tu es arrivé en cours d'année, mais c'est pas une excuse ! Tu ne fais aucun effort pour t'investir – et je ne suis pas la seule à le constater…

Elle dépose la copie sur ma table. Je regarde la note sans la voir. Je suis certain que Lily a la même. J'ai envie de rire.

Je mets un temps fou à défaire mes cadenas. Je ne veux pas avoir l'air de l'attendre. Quand elle arrive enfin, elle passe devant moi sans s'arrêter. La reine de l'indifférence.

Je prends mon vélo par le guidon et je suis son sac rose. Il est vraiment très rose. Je me place à côté d'elle et je marche à son pas. Nous faisons quelques mètres en silence avant qu'elle me lance :

– Donne-moi la lettre.

Je la sors de la poche arrière de mon pantalon. On dirait un chiffon. Elle la déplie, la lit, me la rend.

– C'est ce que je pensais.

– Tu me fais la validation de reconnaissance ?

Lily me regarde comme si elle venait de me découvrir. Ce qu'elle découvre doit lui plaire parce qu'elle sourit. Même, elle cligne de l'œil, enfin je crois.

– Je te valide.

Je suis très heureux d'un coup. C'est bizarre d'être aussi heureux parce qu'une fille qu'on ignorait deux jours plus tôt vous accepte dans un truc dont vous ne savez rien.

– T'es trop forte. T'as vu la tête qu'ils ont faite ?

– Ils ont toujours l'air perdus quand ça ne se passe pas comme ils veulent. Ils voulaient qu'on ait honte, qu'on soit ridicules. Je leur ai collé « validation de reconnaissance » et ils se sont retrouvés bien emmerdés. Faut jamais faire ce qu'ils attendent.

Cette fille dit des gros mots sans arrêt. Ça ne me gêne pas. Moi aussi, je peux le faire. Ce qui me choque, c'est qu'elle parle bien pour le reste. C'est le mélange qui ne va pas. Elle me demande :

– Tu veux qu'on soit égaux finalement ?

– Si c'est possible, oui.

– C'est possible.

La pédale de mon vélo cogne brutalement dans mon mollet. Je vais encore avoir un bleu.

– Et maintenant, dit la voix de Lily, faudrait faire une cérémonie.

On est presque arrivés devant chez moi. Mon immeuble est sur la droite. C'est trop tôt. Je dois encore demander à Lily ce qu'elle entend par « cérémonie », et la prévenir que je ne suis pas prêt à me déguiser, si c'est ce qu'elle prévoit.

– T'as qu'à monter chez moi cinq minutes. J'ai des biscuits dans le placard. Ma mère est d'accord. Et même, elle sera contente de savoir que j'ai une amie.

Lily grimace.

– Quoi, « amie » ? Tu veux qu'on soit amis, en plus ?

– C'est pareil qu'égaux, non ?

– Ah non. Il y a des gens qui sont amis mais pas égaux. Et ce n'est pas parce qu'on est égaux qu'on est amis. Et je peux pas venir chez toi.

– C'est ta famille ?

Lily ne répond pas. Mais elle dit :

– J'ai besoin de réfléchir pour l'amitié.

Elle se met à rire doucement.

– Je crois que je vais t'écrire une lettre.

Après, je gare mon vélo dans le local du rez-de-chaussée et je rentre seul chez moi.

J'ai trop d'énergie aujourd'hui et pas de club de foot pour la dépenser. Je voudrais être n'importe où plutôt que dans un appartement. J'aurais dû courir dans la rue derrière le sac rose et raccompagner Lily chez elle. J'ai le corps qui vibre.

Je m'enfile tout le paquet de biscuits. Il faudra penser à les remettre sur la liste des courses. Il reste de la vaisselle dans l'évier. Je suis tellement énervé que je prends l'éponge et que je lave tout. Même la casserole. Ensuite j'essuie et je range. Voilà, terminé. On s'en fait toute une montagne mais ce n'est pas si long, une vaisselle. Je ne suis même pas fatigué.

Je n'ai pas envie de faire mon travail de classe. Je m'en occuperai ce soir, avant de me coucher. De toute façon, je ne suis pas investi, c'est certifié par la prof de français.

Je vide les deux cartons qui traînent dans ma chambre depuis le déménagement. Je retrouve des jouets de quand j'étais petit, et mes cahiers de poésie de CE1 et de CE2. Je passe des heures à les regarder. J'étais fort en poésie, avant. Je fabriquais des trucs avec des mots. J'étais pas gêné. Je me dis que je pourrais m'y remettre. J'écrirais un poème de demande de validation de reconnaissance d'amitié à Lily.

C'est là que ma mère rentre du travail. Je l'entends qui passe par la cuisine. Elle ouvre la porte de la chambre. Elle me demande :

– Qu'est-ce qui se passe ?

Elle me regarde d'un air soucieux.

– Rien.

– Tu es sûr que tout va bien ?

– Oui.

Elle referme la porte.

– Merci pour la vaisselle…

C'est la vaisselle qui l'inquiète. Elle n'a pas l'habitude. Tout ce qui n'est pas habituel l'inquiète.

4
À vélo

Je me couche sur les nerfs. J'ai l'impression que je ne vais plus jamais dormir. J'ai des images de camion dans la tête. Il a changé depuis la dernière fois. La cabine surtout. Elle ressemble à une minuscule maison, avec deux couchettes derrière les sièges. À l'arrière, dans le fourgon, je peux ranger une table de camping et des chaises. Elles ne prennent pas beaucoup de place quand elles sont pliées. Ah oui, un réchaud à gaz, pour préparer à manger. Faudra aussi que je trouve une bassine pour la vaisselle. Ça me prend la tête d'imaginer tout ce qu'il faudra emporter dans ce camion pour me faire une vie. Quand je serai prêt, je pourrai inviter quelqu'un à partir avec moi. Pas ma mère. Quelqu'un d'autre. Lily, peut-être. Je m'endors.

Normalement, j'aime le samedi. Je fais exprès de me réveiller tôt, uniquement pour pouvoir me rendormir. Je peux mettre beaucoup d'énergie dans le sommeil du matin. Comme quoi je suis capable de m'investir, si je veux. Quand je n'arrive plus à garder les yeux fermés, je reste encore dans mon lit le plus longtemps possible. J'en sors quand j'entends ma mère crier. Il y a toujours un moment où elle ne supporte plus que je me repose. Ma mère. Il faut faire attention.

Mais aujourd'hui, ça ne marche pas comme d'habitude. J'ai ouvert les yeux à 7 heures et depuis, impossible de les refermer. Je pense à des trucs. Ce n'est pas normal. Mon état normal, c'est rêver. Je déteste penser. Tous ces trucs qui me tournent dans la tête et qui ne servent à rien, ça me déprime.

Si seulement on avait cours, j'y échapperais. Je pourrais voir Lily. Je pourrais même voir Saskia et ses fidèles serviteurs, cette bande de faibles. Il se passerait des choses nouvelles. Des choses désagréables, peut-être, mais nouvelles. Oh, je ne vais pas tenir tout le week-end comme ça. Pas tout un week-end à me battre seul et sans armes contre cent mille pensées.

– Il est bon ?

– Il est fort.

Ma mère boit son café en pyjama. Elle a ses petits cheveux plaqués sur la tête. On dirait un oiseau tombé dans l'huile. Quand elle s'est levée, le café était prêt et j'avais mis des yaourts sur la table pour le petit déjeuner. Elle a peur. La vaisselle hier, le café ce matin. C'est trop pour elle.

– Ça va, au collège ?

– Ça va.

Je ne mens pas. Elle peut le vérifier sur mon visage, l'entendre à ma voix. Je n'ai pas dit « ça va bien », ni « ça va mal ». J'ai juste dit « ça va », ce qui est la vérité. Ça va parce que ça avance. Je ne sais pas ce qui avance, mais quelque chose avance. « Ça va » suffit à ma mère. Elle sourit.

– Tu te lèves tôt, pour un samedi.

– Oui.

– Tu as des projets ?

Elle adorerait que j'aie des projets, des envies, des amis, une vie. Je ne veux pas la décevoir.

– Plein.

Elle a un grand sourire. Elle s'imagine des plans fantastiques qui n'existent pas et dont je n'ai pas la première idée.

– Tu feras attention avec ton vélo, promis ?

Si seulement je savais où habite Lily, j'irais devant chez elle et j'attendrais qu'elle sorte. Je ferais semblant de passer par hasard et on discuterait, de l'égalité, de tout ça. Ça m'occuperait. À part elle, je n'ai nulle part où aller. En même temps, je ne peux pas rester dans l'appartement avec ma mère. Elle va me proposer de partir en courses avec elle. Quelquefois, je suis comme un chien qu'il faut sortir.

J'attends qu'elle aille sous la douche. Je crie devant la porte.

– Je vais faire un tour !

– Amuse-toi ! répond la voix encourageante de ma mère, impatiente que j'aille vivre ma nouvelle vie imaginaire.

Je mets mon portable et mes clés dans ma poche. Avec un peu de chance, je vais tomber sur Lily par hasard. Si seulement j'avais son numéro de portable, ce serait plus simple. Je n'ai pas pensé à le lui demander. Ahuri que je suis. Je descends au local réveiller mon meilleur ami réel, mon fidèle vélo. Je déverrouille les deux cadenas.

– On va faire un tour. Ça va, tes pneus ?

J'appuie sur le caoutchouc. Eux, au moins, ils sont gonflés à bloc. Parfait. J'adore le moment où j'enfourche mon vélo pour partir.

J'ai le sentiment d'être vivant. C'est un sentiment qui dure très peu de temps. Au bout de quelques minutes, je n'ai plus de sentiments. Je suis juste un type qui pédale.

Je roule jusqu'à la route. Je vois passer quelques rares camions et des voitures conduites par des mamans qui filent vers le centre commercial pour le chariot du week-end. De l'autre côté s'étendent les rails de la gare de triage, des quantités de rails sur lesquels stationnent les trains qui attendent d'être nettoyés ou réparés. De l'herbe pousse entre les barres de métal. Le site est protégé par des clôtures métalliques. Je fais demi-tour et je repars vers le quartier. Je prends les petites rues. Je fais des figures sur mon vélo, des drifts, des roues arrière. Je m'amuse tout seul.

– Hé ! Jérémie !

Je suis personne ici. Il doit s'agir d'un autre Jérémie, d'un Jérémie local. Mais la voix insiste.

– Jérémiiiiiie !

Je freine. Je regarde autour de moi. Les rues sont vides ou presque. Pas d'autre Jérémie à l'horizon. Je cherche la voix. Elle vient du petit terrain de basket au pied des tours, celui qui ressemble à une cage.

– Jérémiiiiie !

Je réussis un beau dérapage devant la cage. Collée au grillage métallique, Saskia me fixe, les yeux brillants.

– Tu fais quoi ?

– À ton avis ?

– Tu vas où ?

– Nulle part.

Les figures de Niklas, de Candice et d'Élias viennent se coller à côté de celle de Saskia. Ils semblent sincèrement curieux de savoir ce que je fabrique sur leur territoire en pleine matinée.

– T'es pas avec Lily ? demande Saskia.

Un frémissement secoue la petite bande. Ils gloussent. Je prends l'air détaché.

– Je sais même pas où elle habite.

– Moi je sais ! crie Niklas.

Tout juste s'il ne lève pas la main. Quel fayot. Saskia lui rabat le caquet.

– Tout le monde le sait ! Dans la rue qui va au cimetière.

– La maison avec un arbre rose !

Saskia fronce le sourcil.

– Ça va, Niklas ! On sait que tu sais !

À moi, elle sourit, et je trouve qu'elle est jolie avec sa couronne de cheveux noirs et bouclés.

– Tu viens ? On fait des paniers.

Il y a des semaines que je n'ai pas touché un ballon. Courir, dribbler, lancer. J'avais oublié comme c'est bon. Comme si j'avais étouffé pendant tout ce temps et que je respirais d'un seul coup. Mon corps s'agite, mes pensées se tiennent tranquilles. Je me concentre pour éviter les assauts d'Élias et de Saskia qui sont nettement plus rapides que les autres. Je suis trop occupé pour me souvenir que ce sont les mêmes qui me persécutaient hier. Je cours, c'est tout.

– Tu veux sortir avec elle, c'est ça ? me demande Saskia quand je reprends mon vélo.

J'avais réussi à effacer le collège. Il me revient en pleine figure.

– Qui ?

Saskia a un sourire en coin.

– La fille bizarre à qui t'écris des lettres.

– Occupe-toi de tes fesses.

Saskia se met à rire.

– Hou là ! Tes fesses… T'as vu comment tu parles maintenant ?! Elle t'a filé sa maladie ou quoi ?

Je démarre avant de dire tous les mots horribles qui me viennent à l'esprit et que je regretterais quand je les aurais prononcés. Va au diable, Saskia. Toi, je t'aime pas.

J'en étais sûr ! Ma mère. Elle était contente que je sorte de l'appartement. Puis elle s'est demandé où j'étais. Puis elle s'est affolée parce que je ne rentrais pas. Et maintenant elle me fait la tête.

– Tu m'envoies un message pour me rassurer ! C'est pas difficile, quand même !

– Mais il n'y a même pas deux heures que je suis sorti ! Je peux pas t'écrire toutes les cinq minutes pour te dire où je suis !

– T'es allé où ?

– J'ai joué au basket devant les tours.

Son visage s'éclaire.

– Avec des copains ?

J'hésite. Elle a tellement envie de m'entendre dire oui.

– Oui.

Elle soupire de soulagement. Depuis qu'on a quitté notre vieux quartier, elle rêve que je me fasse des amis. De bons amis pacifiques.

– Ils s'appellent comment ?

– Niklas, Élias, Saskia…

Ses yeux pétillent d'excitation.

– Saskia. Une fille ?

Maman. Elle est mignonne, mais on ne peut pas se parler. Elle vit dans un autre monde.

5

La passerelle

Les maisons de la rue qui va au cimetière ont toutes un petit jardin devant leur porte. Beaucoup de ces petits jardins accueillent un arbre. Aucun de ces arbres n'a encore fleuri fin février. C'est cet imbécile de Niklas qui m'a mis la confiance. « Moi je sais ! Moi je sais ! » J'aurais dû me douter que je n'avais aucune chance. Je remonte la rue en pédalant lentement. Par un hasard incroyable, Lily pourrait sortir au moment où je passe devant chez elle.

Mais je peux rouler aussi doucement que je veux, personne ne sort pour me voir passer. C'est la rue de la Belle au bois dormant. Ils sont tous rentrés avec leurs courses et maintenant ils dorment. J'arrive au bout de la rue. On voit les arbres du cimetière un peu plus loin. Je repars en sens inverse, toujours à une allure d'escargot. J'augmente mes chances. J'envoie des ondes autour de moi: Sors de chez toi, Lily, sors si tu es télépathe!

Elle n'est pas télépathe. Je me demande combien de fois je peux descendre et remonter cette rue avant qu'une balance cachée derrière ses rideaux se décide à porter plainte. J'ai l'air d'un type qui prépare un sale coup, je sais.

Samedi était nul. Dimanche est pire. Il pleut. Ma mère est partie déjeuner chez sa sœur.

– Non merci, j'ai dit, j'ai la flemme d'aller prendre le train, et de toute façon vous serez mieux sans moi.

La lueur d'espoir bien connue s'est allumée dans son regard.

– Tu vas voir tes amis?

J'ai dit oui en pensant non, elle était contente et moi aussi. Le mieux, avec ma mère, c'est de ne pas trop parler. On risque moins de se faire du mal.

Je traîne dans l'appartement. Ma mère n'a pas fini de vider tous ses cartons. Beaucoup restent ouverts, à moitié pleins. Quand elle n'est pas là, je fouille pour voir s'il n'y a rien d'intéressant pour moi.

Les meilleurs cartons sont dans sa chambre. Elle a glissé sous son lit ses vêtements et ses chaussures d'été. Et habilement mélangé dans le bazar quelques boîtes remplies de photos. Ce sont ses photos d'avant. Quand elle était jeune. Elle est avec des filles et des garçons que je ne connais pas. Ce sont des photos de fêtes ou de sorties. Et puis il y a une enveloppe de photos de vacances. Elle pose avec un jeune homme.

Je prends les photos avec moi dans la cuisine. Ma mère m'a laissé un couscous dans le micro-ondes. Je regarde le jeune homme en mangeant. Ils ont l'air d'être en été, ma mère et lui. Il a une planche de surf sous le bras. Il est musclé. Il est beau. C'est bizarre de voir ses parents avant. C'est bizarre de voir la vie d'avant.

J'ai trop le cafard de rester tout seul dans cet appartement. Je mets des mandarines dans ma poche et je sors.

– En route, loyal vélo, je dis en ouvrant mes cadenas.

C'est quartier désert aujourd'hui. Il n'y a plus personne nulle part, même pas devant les tours. La pluie est glacée. Elle traverse mon pantalon, mes mains sont gelées. J'évite la rue qui va vers le cimetière. Je pars du côté de la route pour voir les rails et les trains immobiles. Les wagons sont entièrement recouverts de graffs de toutes les couleurs. Je pourrais regarder ces peintures pendant des heures. Elles resplendissent sur le gris de la pluie.

Quelqu'un avance sur la passerelle tendue au-dessus des rails. Ce quelqu'un tient un enfant par la main. Ce quelqu'un s'approche de l'escalier pour rejoindre la route. Dans deux minutes, nous allons nous croiser. Je ne sais pas pourquoi je suis aussi content. C'est comme si je me réveillais d'un cauchemar de noyade.

– Aya !

Aya tourne la tête. Elle n'a pas l'air aussi ravie que moi. Elle a presque l'air contrariée. Aya, quoi. La petite fille qui lui tient la main lève vers moi des yeux mouillés de larmes. Elle geint.

– J'ai froid, Yaya…

– T'as qu'à marcher plus vite, dit Aya, on sera plus vite rentrées !

Un filet de morve coule du nez de la petite fille. Je sors une mandarine de ma poche et je la lui tends. La petite fille me lance un regard méfiant. Elle ne bouge pas. Mais elle a arrêté de se plaindre.

– Vas-y, fait Aya. Tu peux prendre la mandarine. C'est Jérémie, je le connais. Salut, Jérémie.

La petite fille se dépêche d'attraper la mandarine, comme si elle craignait que je me ravise et que je la reprenne. Elle ne dit pas merci. Elle la donne à Aya qui l'épluche.

– Qu'est-ce que tu fais dehors ? demande Aya en arrachant des petits bouts de pelure. T'as pas de famille ?

– Ma mère.

– Ah oui.

Elle hoche la tête.

– Des fois, on est mieux dehors, hein ?

– C'est ça.

Elle me tend un quartier de mandarine, sous le regard scandalisé de la petite fille. Je vois dans les yeux d'Aya qu'elle devine tout, le cafard, le cauchemar de la noyade. Ça me plairait d'être la petite fille et qu'elle me tienne par la main.

– Bon, ben à demain, alors !

Aya fourre le reste de la mandarine dans la bouche de la petite fille. Elles s'en vont toutes les deux, main dans la main, vers les tours. Je repars tout seul, mais ce n'est pas grave. J'ai leur image dans la tête.

Je replace les photos en ordre dans la boîte. Je remets la boîte sous le lit. Parfait. Je n'ai pas peur que ma mère se fâche. Je n'ai pas peur en général. Mais je n'ai pas envie qu'elle ait de la peine. Si elle veut ranger le passé sous son lit, c'est son affaire.

Je vais dans ma chambre. Il fait de plus en plus sombre. Je prends une feuille dans mon classeur et j'écris :

« Ma mère est la plus jolie
La plus marrante
Et la plus flippée des mamans
C'est comme ça que je l'aime
Car je suis son enfant. »

Je découpe le poème en forme de fleur à pétales et je le pose sur son oreiller. Elle le trouvera en se couchant. Pourvu qu'elle ne panique pas.

C'est un lundi différent. À cause du week-end. Jusque-là, j'étais obligé de vivre dans un quartier étranger. J'y faisais des tours à vélo, tout seul et au hasard, et puis je rentrais à l'appartement. Ce matin, j'ai des souvenirs partout, devant les tours, le long des rails.

– Salut, Mandarine, me lance Aya pendant que j'attache mon vélo.

Elle ne sourit pas, ce n'est pas son style, mais elle me calcule. Ce quartier devient mon quartier. Je suis en train de m'attacher. L'erreur.

Le problème quand on s'attache, c'est qu'on sera détaché un jour. On sera arraché. Personnellement, je fais attention. Je m'attache le moins possible.

Lily arrive en retard. Elle est fatiguée. Ça se voit à ses yeux. Elle montre son carnet à la prof. Elle va s'asseoir à sa place, et elle fouille dans son sac rose. C'est comme si elle ne m'avait pas vu. Saskia se retourne vers moi avec un sourire d'affamée. Qu'est-ce que j'ai fait pour l'intéresser à ce point, celle-là ? J'évite son regard. Je dessine des lézards sur ma copie. Au stylo bille. Bleu. De temps en temps, je relève la tête avec un regard passionné pour le tableau. J'espère qu'on ne voit pas trop que je dessine. À force, je suis assez fort pour les lézards, surtout les détails.

Ça se gâte à la récréation. Je vois Saskia parler fiévreusement avec sa petite bande. Puis Élias foncer vers Lily. Personne ne fonce vers Lily en temps normal. On connaît ses habitudes. Quand elle n'est pas au CDI, ou planquée dans les toilettes, elle se colle contre le grillage, au fond de la cour, et elle regarde vaguement devant elle en attendant la sonnerie. Elle n'a pas trop de sociabilité. Personne n'a de raison d'aller la chercher. Sauf si Saskia a décidé de jouer au petit jeu du harcèlement.

Je préférerais ne pas m'en mêler, mais je suis obligé d'y aller. Si je n'avais pas commencé bêtement avec cette histoire d'égalité, si je n'avais pas tout pourri avec ma lettre, je resterais dans mon coin. C'est ma faute. Je suis responsable maintenant, d'elle et de ce qu'on lui fait. Je le savais, qu'il fallait se méfier de l'égalité. Je le sentais.

6
Le nez d'Élias

Quand j'arrive, Élias est face à elle, tout près. Il lui parle sous le nez, avec un mauvais sourire. Il parle précipitamment, comme s'il avait trop de mots à sortir en trop peu de temps. Il postillonne, j'en suis sûr. Il balance qu'on m'a vu, samedi matin, à vélo, tourner dans sa rue. Il lui demande ce qu'elle m'a promis. Il veut qu'elle dise si sa mère sait qu'on sort ensemble. Si elle est d'accord.

Il me ridiculise, il se moque d'elle. Il fait de nous des personnes moches, des victimes dont on a le droit de s'amuser. Lily a les yeux mi-clos, ceux qu'elle ferme quand elle se cache et qu'elle se défend. Son visage ne manifeste aucune émotion. Elle attend qu'il termine de nous saccager.

Je tourne la tête vers Saskia. Elle guette, à l'autre bout de la cour. Elle surveille son attaquant.

– Allez, Lily, souffle Élias, avoue, elle le sait, ta mère ?...

Lily ouvre les yeux. Elle cherche où les poser. Elle me voit. Elle me regarde. Je devrais voir de la colère, dedans. Je vois de la peur. Élias, Élias, tu ne sais pas qui je suis.

Ça me revient. Je connais ce qui monte de l'intérieur et que je devrais arrêter si seulement je pouvais. Mais je n'ai pas le temps de penser, tout est devenu trop rapide, mon corps a pris le dessus. Il fonctionne tout seul. Il sait ce qu'il faut faire. J'attrape Élias par l'épaule, il se retourne, mon poing s'écrase sur son nez. Un seul coup. Rapide, direct. Ce sont des gestes qui ne s'oublient pas.

Élias gémit. Il porte la main à sa figure. Quand il la retire, sa paume est pleine de sang.

Quelle crasse. J'aurais préféré qu'il se défende. J'aurais préféré qu'il essaie. Il pousse un cri. Il court vers le surveillant qui glande sous le préau. J'ai encore quelques secondes devant moi avant de commencer à regretter. Je vais profiter au maximum du temps qui me reste, ce moment divin de ma puissance.

Lily me fixe, un demi-sourire aux lèvres. Elle est pâle. Mais la peur a disparu de son regard.

– Jérémie… T'as rien trouvé de plus con ?

J'aime bien qu'elle dise mon nom. J'aime bien qu'elle dise des gros mots. Je réponds à son sourire. Nous sommes éternellement heureux une toute petite fraction du temps. Puis je sens la main du surveillant se poser sur mon épaule.

Il me tient par le bras tandis que nous traversons la cour. La masse s'est immobilisée pour nous regarder passer. J'ai l'air d'un prisonnier traîné vers le fourgon qui le conduira en garde à vue. Quand je passe près de Saskia, je fais mon possible pour avoir l'air dangereux. Je serre les mâchoires. Je veux qu'elle me craigne et que la peur change de camp. C'est raté. Elle affronte mes menaces avec une grimace moqueuse. Je viens de perdre et elle vient de gagner. Elle le sait. Ce qu'elle ne sait pas, c'est le sourire dans les yeux de Lily, et l'instant de ma puissance.

C'est Aya maintenant qui secoue la tête. Elle semble désolée.

– Mandarine, pourquoi ? C'est pas toi, ça te ressemble pas…

J'aimerais avoir le temps de lui expliquer que non, ce n'est pas moi, et que pourtant si, ça me ressemble, mais le surveillant me pousse devant lui. Si je pouvais avoir une autre vie, je voudrais être la petite sœur d'Aya, et qu'elle me prenne par la main.

Ensuite, je suis debout devant le bureau du principal.

– On n'avait pas un engagement ?

Ce sont de fausses questions dont les réponses sont connues. Je lui donne ce qu'il attend.

– Si.

– Alors ?

– Je ne sais pas.

Le principal fait le principal. Il fait celui qui se fâche et qui hausse la voix. Je dois comprendre qu'il est en colère.

– Comment ça, tu ne sais pas ? T'as pas compris que c'était fini, la violence ?

Encore une question qui n'en est pas une. J'envoie la réponse.

– Si.

Je n'ai pas grand-chose à ajouter. Je reste silencieux. Il est découragé. Il le montre. Ses sourcils se lèvent, ses épaules s'affaissent. Il décroche son téléphone. Il appelle ma mère. Il laisse un message sur son répondeur.

Je suis exclu jusqu'à la fin de la semaine. Je vais attendre dans son bureau qu'elle vienne me chercher.

Ah oui. Et finalement, le nez d'Élias est cassé.

– J'étais si contente, dit ma mère.

Elle m'a fait asseoir en face d'elle à la table de la cuisine.

– On était bien. On n'avait plus de problèmes. Tu t'étais fait des amis.

Elle a le bord des paupières tout rose. Elle a pleuré. J'ai mal au ventre. Je voudrais revenir en arrière, très loin en arrière, encore plus loin. Avant les bagarres, avant le déménagement, avant la colère. Je voudrais que tout revienne comme quand j'étais petit. Elle ne me pose pas de questions. Elle n'attend pas de réponses. Elle parle, elle déborde comme un caniveau dans l'orage.

– T'étais trop gentil, aussi. C'est pas normal, un garçon si gentil. Et ta poésie, sur mon oreiller ? Je suis trop bête. J'aurais dû faire attention.

Elle croise ses mains, elle serre ses doigts. Elle cherche mon regard. Je fixe mes pieds.

– Je vais rappeler la psychologue. Tu l'aimais bien, cette psychologue.

– Non.

– Si, tu l'aimais bien !

– Ça sert à rien. J'ai déjà tout raconté. Je vais pas recommencer.

Je vois les larmes revenir dans ses yeux. Je voudrais être dans mon camion. Dans ma tête, je grimpe dans la cabine. Je mets la clé de contact. Je fais ronfler le moteur. Je vois la route s'étirer à travers le pare-brise.

– Qu'est-ce qu'on va faire ? demande ma mère.

C'est une vraie question. Je n'ai pas de réponse.

Elle est partie sans me réveiller. Elle a laissé un paquet de biscottes et le beurre sur la table. Je suis seul dans l'appartement. Il est 10 heures et le jour ne s'est pas levé. Le ciel est noir, une pluie fine gifle les vitres.

Ils sont en cours d'anglais. Ils dorment. La prof leur demande de se réveiller et de participer. Je devrais être heureux de rester chez moi. Je devrais être heureux de faire ce que je veux. Je n'y arrive pas. Je ne peux pas sortir. Je ne veux croiser personne. Je veux qu'on m'oublie.

C'est pour moi que ma mère a déménagé. Elle voulait m'éloigner du passé, des habitudes et des mauvaises connaissances. Elle a cru que dans un nouveau quartier je serais loin des problèmes. Elle s'est dit qu'on recommencerait à zéro. Pour ça, elle a accepté des sacrifices. Elle prend le train tous les jours pour aller au travail. Ça lui fait deux heures et demie de transport. Et moi, je casse le nez d'Élias. Je gâche tout.

Je compte deux ans. Deux ans avant de partir. Je ferai pas d'études qui servent à rien. J'irai en apprentissage dès que possible pour gagner de l'argent. Faut que j'apprenne l'électricité, la mécanique, la soudure, des trucs utiles. Si je vis chez ma mère, j'aurai moins de frais. Je pourrai économiser. Faut compter dix mille euros pour acheter le camion. Je l'aménagerai moi-même. On trouve toutes les informations sur les sites, en cherchant « vie nomade », ou « vanlife ». Après, je passe le permis C. Et adieu.

Je suis retourné fouiller dans la boîte de photos. Je me demande si je lui ressemble. On a les mêmes cheveux.

Je regarde un documentaire sur les varans à la télé. À première vue, ils ont l'air de gros lézards, mais ils courent très vite. Ils chopent leur proie et ils la mordent. Ils lui inoculent leur poison par la morsure. Le corps se décompose tout seul. Le varan n'a plus qu'à attendre qu'il soit pourri pour se pointer et le bouffer. Tout le film, je me demande si je suis comme le varan ou plutôt comme sa proie. En fait, la question ne se pose pas vraiment. Les varans tueurs vivent en Indonésie, sur des îles. Très loin. On les appelle aussi des dragons. Dragons de Komodo.

« Est-ce que les varans
du Komodo
Sont de bons parents ?
Est-ce que les mamans

Mangent leurs enfants ?
Et les enfants
Du Komodo ? »

Il est marrant, celui-là, mais je crois que je vais le garder pour moi. Elle a assez de soucis comme ça.

7
Aya

Peut-être que ce mardi va durer toute l'éternité. Peut-être que le temps va devenir si lent que dans une semaine je serai momifié. Je regarde dans le frigo. Il y a des œufs dans la porte et des courgettes dans le bac à légumes. Je cherche sur mon portable, je tape « recette courgettes ». Je prends « gratin ». Je prévois une heure. C'est long de râper les courgettes, surtout avec une vieille râpe en fer. Le dîner sera prêt quand elle rentrera. Je ne sais pas si elle sera contente, mais je n'aurai pas rien fait de la journée.

On a sonné. Aya est sur le pas de la porte. Je ne sais pas qui est le plus surpris, d'elle ou de moi. Quand le prof principal a demandé à la classe qui pourrait m'apporter les devoirs, elle s'est proposée. Et maintenant elle me fixe d'un air stupéfait.

– C'est quoi que t'as dans les cheveux, Mandarine ? Un vermisseau ?

Des bouts de courgette ont sauté jusqu'à mes cheveux. Cette râpe, quelle saleté. En plus, j'ai les mains vertes et collantes. Plus jamais les courgettes. Aya ouvre son sac et sort le devoir qu'a rendu la prof d'histoire.

– Si tu le refais sans faute, elle te rajoute des points. Là, franchement, c'est nul. Et voilà la photocopie pour le devoir maison en maths. Pour le reste, c'est sur Pronote.

Elle a un sourire moqueur.

– Pronote, tu vois ce que c'est ? Tu t'en sers, des fois ?

Elle s'est assise dans le salon, en face de la télé.

– Puisque tu ne me demandes pas de nouvelles, je t'en donne. Élias a un gros pansement sur le nez.

Elle arrête de sourire et elle me regarde.

– Et aussi, je l'ai dit au prof principal.

– T'as dit quoi ?

– Que les interventions contre le harcèlement, c'est bidon. Quand ça se passe dans leur collège, ils voient rien.

– J'ai pas harcelé Élias !

– Mandarine, ce que t'es bête ! C'est pas toi ! C'est eux ! Ils m'ont pourri la vie au premier trimestre et maintenant c'est votre tour, à Lily et à toi. Faut les ignorer, Mandarine. Faut se faire oublier. Lily sait le faire. Mais toi…

– Aya… Tu peux arrêter de m'appeler Mandarine ?

Elle hausse les épaules.

– Donc je l'ai dit au prof principal, qui m'a répondu que c'était pas à toi de faire ta justice. Il faut d'abord informer l'administration et après…

Aya s'interrompt et plonge à nouveau dans son sac.

– Ah oui, et tiens, j'ai un truc pour toi, Mandarine.

Elle me tend une copie pliée en quatre, scellée par du scotch.

– C'est Lily.

Je tends la main. Aya fait tourner la lettre en l'air avant de me laisser l'attraper. Elle rit.

– Vous avez la manie des lettres, non ?

Je repose les ciseaux sur la table. Je regarde le papier plié, fermé par le scotch sur tous les côtés. Je n'arrive pas à ouvrir cette lettre. Je voudrais savoir ce qu'elle contient sans avoir à la lire. Je déteste les surprises, je déteste ne pas savoir ce qui m'attend.

Elle va me dire qu'elle est contente que j'aie frappé Élias, que je l'aie défendue, que je l'aie protégée. Ou alors elle va me dire que j'ai tout gâché, que la classe va se retourner contre elle, qu'elle est furieuse et que je suis un abruti. Elle va me dire qu'elle a besoin de moi. Ou elle va me dire qu'elle n'a pas besoin de moi. Elle va me dire qu'elle m'admire. Ou elle va me dire qu'elle me méprise. C'est pareil. Elle va me dire des trucs dont je ne saurai pas quoi faire et qui me fatiguent à l'avance. Je laisse la lettre sur la table du salon et je vais mettre les courgettes dans le four. Cochonneries de courgettes.

– Aya m'a apporté mes devoirs.

– C'est une copine à toi, Aya ?

– Si on veut.

Je vois la fatigue sur le visage de ma mère. Elle a des petites poches sous les yeux, près des pommettes. Des sillons longent ses joues, descendent le long du nez, encadrent sa bouche. Elle devrait être contente que je continue à me socialiser, même quand je suis exclu. Mais non. Je l'ai dégoûtée de moi.

– Elle m'a donné un surnom. Elle m'appelle Mandarine.

Ah, quand même ! Je savais que ça lui plairait. Elle relève les yeux, elle sourit.

– Pourquoi Mandarine ?

– Parce que j'ai donné une mandarine à sa petite sœur, dimanche.

– Dimanche ?

– J'étais sorti faire un tour et je les ai vues descendre de la passerelle. Il pleuvait, la petite avait froid.

Ma mère a cessé de sourire.

– Oh, Jérémie ! T'es serviable, t'es sportif, t'écris des poésies. Et en plus t'es gentil avec les petits... Pourquoi tu sais pas te tenir? Pourquoi t'y arrives pas?

Faut qu'elle arrête. Elle me donne envie de pleurer.

– Je vais faire des efforts. Je te promets.

– T'arrêtes pas de promettre!... Et t'as vu le résultat?

Ah, une fausse question. Je me lève de table pour débarrasser.

– Laisse, je fais la vaisselle.

– Jusqu'à quand tu vas te battre?... T'es pourtant un bon gosse, Jérémie, c'est ça que j'arrive pas à comprendre...

L'eau dans l'évier fait un bruit de torrent.

«Jérémie, viens au cimetière mercredi à 15 h 15. Au fond, vers la gauche, la tombe avec un ange dessus. Lily» J'aurais dû l'ouvrir plus tôt, cette lettre. J'ai eu peur pour rien. C'est juste un rendez-vous. Je me demande si c'est pour la cérémonie.

Le jour se lève. Le camion démarre. Je suis au volant. Je roule très lentement. Le quartier est désert. Je tourne dans la rue de Lily. La lumière tombe du ciel comme une pluie. Les arbres sont en fleurs dans les jardins. Les trottoirs sont recouverts de pétales rose vif. C'est beau, ça me serre la gorge.

Je freine et je descends la vitre. Je suis devant le cimetière. C'est un terrain vague entouré de grilles. Il ressemble à la gare de triage. Le portail est fermé par une énorme chaîne. Un panonceau métallique est accroché dessus : *« Défense d'entrer »*. Un crâne est dessiné au-dessus de l'avertissement, entre deux tibias croisés. Je pense que c'est normal, des os dans un cimetière. Et je me réveille. J'entends claquer la porte. Ma mère est partie travailler.

Il reste un paquet de flocons de pommes de terre dans le placard et du vieux persil dans le bac à légumes du frigo. Ce soir, purée. Facile. Inutile de m'y coller tout de suite.

Je regarde ma copie d'histoire. Ce n'est pas que j'ai envie de travailler, mais je n'ai rien d'intéressant à faire. Je m'installe dans le salon et j'écris lentement. Pas de blanco, pas de ratures et je mets des marges. J'appuie si fort sur mon stylo que j'ai les doigts tout raides. Quand j'ai terminé, je suis content de moi. On dirait vraiment une bonne copie, propre, bien rangée comme il faut. Je la donnerai demain à Aya. Je pense qu'elle sera impressionnée.

Je n'ai plus du tout d'énergie pour les maths. Pas grave. C'est à rendre dans une semaine. Je m'en occuperai plus tard. Faut encore que j'aille voir Pronote…

Mais d'abord, je dois me débarrasser de mon rêve. Il n'arrête pas de grandir dans ma tête. Il prend toute la place.

Il n'est que 14 heures. Le mardi, ils sortent à 16 heures. Si je pars maintenant, je serai rentré avant qu'ils quittent le collège. Je sors détacher mon vélo.

Je dévale la rue de Lily. Les arbres sont tout nus. On ne distingue même pas les bourgeons sur les branches. Un vieux s'arrête au bord du trottoir pour me regarder passer. Il se demande ce que je fabrique, pourquoi je ne suis pas en cours, pourquoi je pédale aussi vite. J'ai peut-être volé quelque chose. Ou alors c'est mon vélo qui ne lui plaît pas. Trop rouge. Si je faisais dans la délinquance, faudrait que j'en change.

Ce cimetière, c'est la fin du monde connu. Personne ne va jamais jusque-là. Je suis même jamais passé devant. Il n'y a rien à faire dans ce coin, pas d'attraction, pas de stade, pas de magasin.

Par contre, pour un endroit où on ne va jamais, il est bien indiqué. Il suffit de suivre le panneau « Cimetière Saint-Jean ». Je m'arrête au fond d'une impasse, devant le mur qui en fait le tour. Les oiseaux font un raffut de dingues là-dedans. Ils ont ce qu'il faut d'arbres pour faire la fête, et personne pour leur pourrir la vie.

Sans être spécialiste en cimetières, je pense que celui-là date d'autrefois. C'est le vieux mur qui donne cette impression, et les arbres. Rien à voir avec celui de mon rêve qui était sinistre, chauve et silencieux, cerné par un grillage comme une prison.

Dans mon rêve, le portail était bouclé par une chaîne. Le vrai est entrouvert.

8

L'ange debout

J'entre avec mon vélo. Je repousse le portail derrière moi, ni vu ni connu. Il y a bien une cabane en planches pour le gardien, juste après l'entrée, mais pas de gardien dedans. C'est un cimetière tellement ignoré qu'il n'a même pas besoin qu'on le garde.

C'est magique d'être là, tout seul, devant les tombes grises rangées les unes à côté des autres. Chaque rang est séparé par une allée de gravier, on se croirait dans une salle de classe, avec ses rangées de bureaux. Sauf qu'ici les élèves ne sont pas derrière, ils sont dessous.

Peut-être que je ne suis jamais entré dans un cimetière de ma vie. Je ne me souviens

plus. Pourtant, j'ai l'impression que je reconnais tout. Je suis chez moi.

C'est peut-être aussi à cause des films. Il y a beaucoup de cimetières dans les films. Ce sont des cimetières de nuit. Les gens n'arrêtent pas de sortir de leurs tombes, sous des formes de fantômes, de vampires ou de zombies. Ils ne sont pas du tout calmés, au contraire. On croirait que d'être morts, ça les a surexcités.

Mon cimetière à moi est un cimetière de plein jour. Tout le monde dort. Il n'y a que les oiseaux pour mettre le bazar. Des bricoles sont posées sur les tombes, des plaques avec des photos et des déclarations, à mon mari, à mon ami, ses collègues dans la peine. Aucune tombe n'est tout à fait la même que sa voisine. Certaines portent des colombes en pierre qui s'envolent, d'autres des têtes d'angelot avec des ailes derrière les oreilles, ou des couronnes de fausses fleurs. Les plus riches ont tout à la fois, et des vraies fleurs en plus.

Tout au fond, sa tête en pierre penchée sur le côté, se dresse un ange debout.

– Hé ! Toi ! Le vélo rouge !

Elle surgit de derrière une stèle. Une dame plutôt vieille, déguisée en dehors de son âge, dans une salopette trop grande pour elle.

– Comment t'as fait pour entrer ?

– Ben… par la porte.

Elle se tape sur la cuisse.

– Oh merde ! J'ai encore oublié de fermer !

À son âge, elle devrait faire plus attention à sa façon de parler. Surtout quand elle s'adresse à des jeunes.

– T'aurais pu laisser ton vélo dehors… T'es pas sur un parking !

– Vous êtes la concierge ?

Elle secoue la tête.

– Il y a un bail qu'il n'y a plus de gardien. Le cimetière est fermé la plupart du temps. Qu'est-ce que tu fais ici, toi, d'ailleurs ?

Je ne vois pas pourquoi une femme qui n'est même pas gardienne me pose des questions personnelles.

– Et vous, vous faites quoi ?

– Du jardinage. Je nourris les oiseaux.

D'accord. Une folle. Je vais rentrer chez moi. C'est elle qui insiste.

– Alors quoi ? T'es pas arrivé là par hasard ! Ou alors…

Elle se met à rire.

– Oh, je sais… C'est la petite… C'est elle, hein ?

De quoi elle se mêle à la fin ? Je n'ai pas d'autre choix que de rester digne et de m'enfuir.

– C'est bien chez toi, remarque Aya. C'est calme.

Elle a glissé ma copie d'histoire dans son sac sans y jeter un coup d'œil. Maintenant, elle prend son temps, enfoncée dans le canapé. En fait, elle s'en fiche des devoirs. Elle fait comme si elle était une invitée. Pas de problème, elle s'occupe de la conversation. Avant qu'elle vienne chez moi, je pensais qu'elle se fichait des gens. Erreur. Elle a des trucs à dire sur tout le monde. Je ne peux pas placer un mot. Vraiment, elle n'a pas le même caractère quand on la rencontre dans le collège ou quand on la voit dehors.

– Je croyais pas que t'étais comme ça, Mandarine.

Surnom à part, je pourrais lui dire la même chose.

– « Comme ça » quoi ?

– Gentil. Déjà, j'étais choquée dimanche, quand t'as donné la mandarine à Adama. Tellement t'as l'air de détester tout le monde qu'à la fin tu fais peur.

Je ne sais pas si je suis fier d'apprendre que je fais peur. Peut-être que si.

– C'est toi qui critiques ? T'as toujours l'air prête à hurler…

Aya éclate de rire.

– Pas faux ! Et je peux hurler très fort…

Elle a le rire contagieux.

– Si je me laisse marcher sur les pieds, crois-moi que je serai vite piétinée. Je suis obligée de me faire une réputation, pour pas qu'on m'approche de trop près.

Elle plisse les yeux et elle ajoute :

– Chez moi aussi, je mets la distance. Déjà que je m'occupe tout le temps d'Adama… Une fille, je te le dis, si elle veut se défendre, vaut mieux qu'elle soit mauvaise.

Aya. Ça me plaît qu'elle se sente à l'aise.

Quand ma mère n'y est pas, cet appartement, c'est un peu comme si on était dans mon camion.

Aya regarde son portable et c'est déjà l'heure d'aller chercher Adama à la garderie. Elle a posé son cahier de SVT sur la table du salon pour que je recopie la leçon. Elle enfile son blouson.

– T'as une réponse à donner à Lily ?

– Tu lui dis « Oui ».

– « Oui », c'est tout ?

– C'est tout, oui.

Elle adorerait en savoir plus. Je le vois. Elle masque trop mal. Mais elle n'est pas Saskia. Elle est plus maligne. Elle accepte le silence.

« Pourquoi même quand t'as travaillé
Tu fais encore un bon dîner ?
Et pourquoi ma purée en flocons
C'était vraiment pas bon ?
Dès que je suis grand

Ma petite maman
Je t'invite au restaurant.»

Je vais le laisser à côté de sa tasse, sur la table de la cuisine. Elle le trouvera pour son petit déjeuner. Je dis pas que c'est génial, mais c'est déjà ça. J'ai pas assez d'argent pour acheter des fleurs. En même temps, on n'a pas de fleuriste, par ici.

«Je suis allé au cimetière
En vélo
Et j'ai vu l'ange en pierre
Tout en haut
C'est long d'attendre demain
Pour te voir
Dans ton triste jardin.»

Autant le jeter tout de suite. La honte si quelqu'un tombait dessus par hasard. Ma mère, par exemple. Je parle même pas de Lily.

Je sors pas le camion ce soir. Je le laisse au garage. Je repense à ce que raconte Aya.

À la classe. Ce qu'elle dit, c'est qu'il n'y a personne là-dedans qui peut se vanter d'avoir une famille. Je veux dire, une famille comme dans les publicités pour petit déjeuner. Avec juste un père, juste une mère, juste leurs enfants, et les céréales au milieu. Les parents, il en manque au moins un, comme chez moi. Ou alors, les deux. Saskia par exemple, elle habite avec sa tante. Mais des fois, il y en a en plus. Le père de Junior a deux femmes, c'est compliqué. Pour les frères et les sœurs, c'est pareil. N'importe quoi. Ça va de zéro chez moi à plein chez Junior. Élias vit avec la copine de son père et les enfants de son ancien mari, qui ne sont donc pas vraiment des frères et sœurs mais quand même. Niklas a une sœur mais elle est placée dans une autre famille. Quant à Aya, elle est la nièce de sa mère mais finalement c'est pareil, elle l'appelle maman. Total, Adama, qu'elle appelle sa sœur, est sa cousine, et là aussi c'est pareil. Les familles, dans le coin, c'est des jeux de casse-tête.

Ça ne veut pas dire que les familles des publicités pour petit déjeuner n'existent pas. On ne les a pas inventées seulement pour vendre des céréales. Mais elles vivent ailleurs, dans d'autres endroits.

Moi et ma mère, ici, ça va. J'aurais jamais cru que je me sentirais à ma place dans ce quartier. Pourtant si.

– Et Lily ?

J'étais obligé de poser la question.

– Sois pas trop curieux, Mandarine. Lily, c'est encore autre chose. Des fois, faut pas trop demander.

9

La tempête

« Mon garçon, pour la purée,
Du beurre et un jaune d'œuf, c'est le secret
Il ne faut pas te décourager
Toi aussi, tu feras des progrès ! »

Sa tasse est sur le séchoir et son mot est sur la table. Je ne me suis pas réveillé quand elle est sortie. Je n'ai même pas entendu la porte claquer. Je crois que je m'habitue à cette semaine d'exclusion. Merci, Élias. Je te pète le nez quand tu veux.

À part ça, il n'y a pas d'œufs dans le frigo. Je ne vois pas comment j'aurais pu en mettre dans la purée.

Je rêve d'une tombe d'où sortent des centaines et des centaines de serpents verts et bruns. Le camion est garé devant le portail mais je n'ai aucune chance d'y arriver. Les serpents ont envahi toutes les allées.

J'ouvre la fenêtre de ma chambre. Il fait doux. Le ciel est sans nuage. On dirait le printemps. Même se laver devient agréable. Je reste longtemps sous la douche, à écouter l'eau couler sur moi. Je traîne un peu dans l'appartement. Je choisis des habits propres dans le bac du repassage. J'attends quelque chose, ou quelqu'un, je ne sais pas. J'ai du vent dans la tête. Je suis trop mou pour regarder sur Pronote. Je vais plutôt dans la chambre de ma mère. Je m'allonge et je prends les photos cachées sous son lit. Je me demande si elle les regarde, elle aussi. Je remets les photos bien à leur place. J'aimerais bien me rendormir mais je n'y arrive pas. Mille ans passent. Il est bientôt 15 heures.

Les vélos ne sont pas les bienvenus dans les cimetières. Je laisse le mien dans le local. Je descends la rue de Lily. Elle est peut-être en train de sortir de chez elle. Je me contrôle à fond pour marcher lentement. Je regarde devant moi avec naturel, comme si j'étais là par hasard. Je veux qu'elle se dise que je suis normal. Qu'elle ignore que je pense à elle et que je me fiche de tout le reste, du passé, du futur et du monde entier. J'enfonce les poings dans les poches de mon blouson. Pourvu qu'on ne se croise pas maintenant, j'ai l'air d'un imbécile.

Un vent froid s'est levé. Il a emporté la douceur du matin. Une nappe noire grignote peu à peu le bleu du ciel. Février. L'hiver ne veut pas qu'on l'oublie. 15 h 15. Je pousse la porte du cimetière. Elle est fermée. Je suis dehors, seul et gelé.

– Jérémie…

La porte s'entrouvre.

– Viens, fait Lily.

Je me glisse à l'intérieur, elle referme la porte et repousse le verrou.

– T'es entrée comment, toi ?

– Je passe par-dessus le mur.

– Il est haut…

– Il y a un passage derrière. Tu montes sur une pierre, tu t'accroches au mur et tu bascules de l'autre côté. Je te montrerai.

Le vent fait voler les feuilles et quelques pétales dans les allées. Lily avance d'un pas sûr. Elle est chez elle.

– Je vais te montrer l'ange.

– Je l'ai vu. Je suis venu hier.

Elle se retourne et me lance un regard de reproche. Comme si j'étais entré chez elle sans prévenir. Il faut que je m'excuse, maintenant ?

– La porte était ouverte…

– T'as vu Marka, alors !

Marka. La dingue. À coup sûr.

– La vieille avec une salopette ?

– Elle est pas vieille.

– Elle était là.

On s'arrête devant l'ange. C'est un jeune ange. On pourrait avoir le même âge. Il se tient debout derrière la tombe, dans sa robe longue. Il est beau, avec sa coupe au carré et son air désespéré. Ça me plairait d'avoir des ailes. Moi aussi, je vis dans un cimetière. Moi aussi, je suis désespéré.

Lily est super fière de la tombe. On dirait que c'est la sienne. Mais pas du tout. C'est juste qu'elle a choisi la plus belle, celle avec l'ange debout.

Il y a toute une tribu là-dessous. Famille Carette-Vasseur totalement inconnue, merci de l'hospitalité.

Elle s'assied sur le bord de la pierre.

– Pourquoi le cimetière ?

– Tu connais un autre endroit tranquille ?

Non. Il n'y a pas de parc dans le secteur. Seulement des rues, et des squares, et des pelouses ouvertes où l'on ne peut pas se parler sans que la terre entière en soit avertie. Avec son mur d'enceinte et son portail fermé, le cimetière est un abri secret. Je m'assieds sur la pierre à côté de Lily. Le ciel est presque entièrement noir.

– Tu te souviens de la cérémonie ? Celle que tu voulais faire, pour l'égalité…

Elle me regarde distraitement. Elle pense à autre chose.

– Ah oui, la cérémonie… Je m'en fous, des cérémonies. C'est le mot qui me plaisait. Les mots, c'est des promesses.

– Pourquoi tu m'as fait venir, alors ?

Lily hausse les épaules. Comme si elle s'en fichait que je sois venu, qu'elle avait oublié qu'elle m'avait invité. Elle dit :

– Pour honorer les promesses.

Elle se moque de moi. Je suis déçu. J'aurais refusé les épreuves ridicules, le déguisement ou la danse spéciale, mais j'espérais quand même quelque chose, une surprise, un événement.

– Tu voulais quoi ? demande Lily. Qu'on échange du sang ?

– Le sang, ça ne compte pas. Ou alors, je suis l'égal d'Élias.

Elle a un petit rire. Enfin.

– Je voulais que tu viennes parce que j'aime bien ici. Je voulais le partager avec toi. Pas parce que t'as frappé Élias. Parce qu'on se comprend quand c'est difficile.

Je garde la tête baissée. Je fixe mes pieds. Je pense que j'aime plus trop mes baskets. Je n'ose pas me tourner vers elle et croiser son regard. Pourtant je n'ai pas peur de grand-chose.

– T'es verrouillé de l'intérieur, Jérémie.

– Parle pour toi.

Elle rit encore. Elle murmure.

– Chez toi, il y a de la lumière qui traverse.

C'est le moment de parler de lumière… Il fait nuit en plein jour. De petites gouttes de pluie froide tombent du ciel. Elles ne sont pas nombreuses, mais ce sont les premières. Dans cinq minutes, c'est la noyade. En même temps, on ne peut pas partir comme ça…

– Pourquoi, Jérémie ? Pourquoi t'es comme ça ?

Je ne sais pas ce qui me prend. C'est le cimetière. Ou c'est la pluie. Je murmure :

– J'ai un secret.

Maintenant, elle devrait me demander de partager mon secret, je lui parlerais des photos, elle me dirait pourquoi c'est difficile, et ce serait un moment très puissant. Mais le ciel vient de s'ouvrir. Il lâche toute son eau sur nous. L'averse crépite sur les tombes et dans les allées, elle fait voler le gravier par terre. Je suis trempé instantanément, jusque sous mon blouson. Ma douche était moins mouillée ce matin.

Elle court devant moi. L'eau dégouline sur son visage, sur ses cheveux, dans son cou. Ses chaussures en tapant par terre font un bruit spongieux. Le portail, qui n'est plus qu'à dix mètres, semble à une éternité… quand il s'ouvre brusquement sur une corolle rouge agitée par la tempête.

– J'en étais sûre !

Marka la folle m'attrape par le col et me range sous son parapluie. Lily se colle à elle. Marka nous entraîne et nous sortons, soudés tous les trois, un seul animal à trois têtes couronné d'écarlate.

La maison de Marka est la dernière de l'impasse. On voit les arbres et le mur du cimetière par les fenêtres de son salon. Elle ne ressemble pas aux maisons de la rue. Ses murs sont en pierre, son toit tapissé d'ardoises grises, ses volets sont peints. Cette maison, c'est la nuit des temps.

– Oui, remarque Marka. Nous sommes ce qui reste de l'ancien village. Il y avait des champs tout autour. Et une ferme. Quand j'étais petite, le soir, on entendait meugler les vaches.

Elle est en train de frotter les jambes de Lily avec une serviette éponge.

– Arrête de remuer, dit-elle.

Lily est en culotte. Son pantalon est dans le séchoir. J'ai refusé d'enlever le mien.

– Tu ne peux pas rentrer chez toi dans cet état, fait Marka. Tu vas attraper froid.

Très bien. Je suis prêt. Plutôt geler que montrer mes jambes et mon caleçon. Il y a des limites à l'égalité.

– C’est que j’ai pas trop le temps de rester…

Elle hausse les épaules.

– Assieds-toi cinq minutes. Il faut que tu te réchauffes. Je vais te faire un chocolat.

10
Le dîner

Ça fait dix minutes que je suis assis là, devant la table. Marka essuie les cheveux de Lily. Elle a collé devant moi une grande tasse de chocolat bouillant. Je n'aime pas le chocolat.

Les jambes de Lily sont blanches et fines. Une culotte, après tout, c'est pareil qu'un maillot de bain. Je n'ai qu'à me dire qu'on est à la piscine. Lily se sèche après le bain. Personne n'est gêné. Tout est normal.

Les rafales de pluie s'écrasent sur les vitres. L'ampoule au plafond de la cuisine clignote par intermittence. Une vraie peinture est accrochée au mur, dans un cadre en bois.

Elle représente des enfants en tablier blanc qui jouent au ballon dans un jardin. Je me demande si j'ai déjà vu un tableau en vrai, je ne m'en souviens pas. On voit les marques du pinceau dans la peinture.

– J'ai parlé à Sandrine tout à l'heure, dit Marka en repliant la serviette.

Le visage inquiet de Lily se tourne vers moi. Elle cache ses jambes derrière la table.

– Marka, pas ma mère…

Marka me jette un coup d'œil et hausse les épaules.

– Quoi ? C'est un copain à toi, non ? Si tu l'as emmené au cimetière, c'est que t'as confiance en lui.

– Oui, mais…

Marka met les poings sur sa taille.

– T'as rien à cacher, Lily. C'est pas comme si t'étais moins bien que les autres.

– Je peux avoir mon pantalon, maintenant ? implore Lily.

Elle a une petite voix.

– Je vais le chercher. Je te disais que je suis passée chez toi. J'ai dit à Sandrine que tu dormirais ici, dans la chambre que je t'ai aménagée. Elle est d'accord. Elle a besoin de se reposer. Il y a des gens qui ont une maison secondaire, toi, t'as une chambre secondaire, c'est pas mal, non ?

– Mon pantalon, murmure Lily. Tu crois qu'il est sec ?

Marka se mêle de la vie des gens. Elle pose ses questions comme si c'était normal qu'on lui réponde. Dans un sens, c'est bien qu'elle s'intéresse aux autres. Dans un autre sens, elle va trop loin. La vie des gens, c'est privé.

Elle veut savoir depuis combien de temps je connais Lily, et depuis combien de temps j'habite dans le quartier, et pourquoi ma mère a déménagé, si elle travaille, et si je vis avec elle, si j'ai des frères et sœurs…

Je réponds aux deux premières questions. Puis, comme ça n'arrête pas, je lui dis la vérité.

– Madame, je vais pas vous répondre. Je veux pas raconter ma vie.

J'attends qu'elle se fâche. Mais non. Elle a l'air amusée.

– Bien sûr… On ne se connaît pas assez. Mais juste une chose, tu ne *veux* pas raconter ta vie, ou tu ne *peux* pas ?

Si elle croit qu'elle va m'avoir comme ça, elle se trompe. Moi aussi je connais une psychologue. Je vais pas me faire avoir par la première vieille qui essaie de m'attraper avec du chocolat.

– En fait, madame, vouloir ou pouvoir, des fois c'est pareil.

Elle est ravie.

– Hé, Lily ! Il est rapide, celui-là ! Ça doit te changer des simplets de ton collège, non ?

Mais Lily ne rit pas avec elle. Elle coule un regard froid dans ma direction. J'ai peur qu'elle me déteste d'être là, à écouter Marka déballer sa vie en public. Personne n'a envie d'être balancé. Ni elle ni moi. Le mieux, c'est que je parte maintenant. Je me lève.

– Déjà ? fait Marka.

Elle jette un coup d'œil par la fenêtre. Les rafales ont cessé. Il pleut toujours, mais doucement, presque gentiment. Je peux y aller. De toute façon, j'aime pas le chocolat.

J'ai envie de pleurer en rentrant chez moi. C'est à cause de toute cette eau dehors aussi. J'ai abandonné Lily chez Marka, avec sa chambre secondaire et sans son pantalon. Avant de la connaître, je pensais qu'elle savait se défendre. Mais non. J'ai vu ses jambes. On dirait des allumettes. Elle peut casser. Et moi, pour l'aider, tout ce que je fais, c'est coller mon poing dans le nez d'Élias et me faire exclure. Le boulet.

J'enfile un jogging sec. Je passe la main dans mes cheveux pour qu'ils sèchent. J'ai rien à faire, pas de devoirs à rendre pour demain, rien. Aya ne viendra pas ce soir.

J'ouvre la porte du frigo. Il est vide. Je n'ai pas de quoi préparer à manger. Je me sens bizarre. Je ne suis pas sûr d'exister vraiment.

Je m'assieds sur le canapé pour regarder le film sur les serpents qui coursent un iguane. Des centaines de serpents qui sortent des rochers. L'iguane s'en sort. Mais il court vite.

Je regarde l'heure. 18 h 15. On sonne à la porte. C'est pas ma mère, elle a ses clés. Alors ? Aya. Elle tient Adama par la main.

– Je suis passée la chercher au centre.

Je dois être complètement détraqué parce que je suis fou de joie de les voir, elle et la petite fille. Aya se penche vers Adama.

– Tu le reconnais ? Il t'a donné une mandarine…

Adama s'en souvient parce qu'elle me fixe avec un bon sourire. J'espère qu'elle n'attend rien parce que c'est la misère ici, on n'a même plus de biscuits. À moins que…

– Tu veux un verre avec du sirop ?

Elle a posé ses fesses tout au bord du canapé. Elle n'a pas enlevé son gros blouson. Elle se tient presque droite, là, appuyée sur la pointe des pieds. Elle sirote sa grenadine comme une grande. De temps en temps, elle lève les yeux sur moi. Je voudrais que ça dure toujours.

– Tu peux la garder, des fois, si tu veux, propose Aya.

Quand j'étais petit, j'avais envie d'avoir un chien pour qu'il m'aime et qu'il joue avec moi. Je me dis qu'un enfant, ça peut le faire aussi.

– Ils ont donné du travail ?

– Des exercices en français. La leçon de maths.

– C'est sur Pronote ?

C'est sur Pronote. Qu'est-ce qu'elle fait là alors ? Elle est venue pour faire la conversation ? Ou parce qu'elle a la flemme de rentrer chez elle ?

– Il y a un truc aussi. Je sais pas si je dois te le dire.

– C'est Élias ?

– C'est Lily. Sa mère est venue au collège.

– Et alors ?

– Elle a bousculé le surveillant à l'entrée. Elle criait dans le couloir. Elle était tellement en panique qu'elle pleurait et que son mascara lui faisait des taches noires autour des yeux. Le directeur l'a planquée dans son bureau mais c'était trop tard. Tout le monde l'avait vue. Après, on est entrés en classe, et quand on est sortis, elle était partie.

– Et Lily ?

– Elle a rien dit. Elle dit jamais rien. La CPE voulait lui parler à la fin du cours, mais elle a refusé. Elle est retournée chez elle et c'est tout.

Adama suçote sa paille. Son verre est vide. Je devrais aller le remplir à la cuisine mais je ne peux pas me lever. J'écoute Aya. Chacune de ses phrases enfonce des aiguilles sous ma peau.

– Franchement, elle a trop de problèmes pour une mère. Des fois, elle crie en marchant dans la rue, elle se dispute sauf qu'elle est toute seule. Des fois, elle marche comme une zombie en regardant par terre, on croit qu'elle est droguée. Des fois aussi, elle a l'air normal, mais ça n'intéresse personne qu'elle soit normale, elle n'est pas connue pour ça. Les gens aiment trop parler. Ça lui fait une réputation. Elle est cramée.

Le bruit de la clé dans la serrure. Ma mère porte un grand sac en papier au bras. Elle nous découvre tous les trois dans son salon. Son regard s'arrête sur Adama qui serre son verre vide dans sa main. Elle sourit. C'est comme un vent d'été qui passe sur son visage et emporte la fatigue.

– Maman, c'est Aya, c'est elle qui m'appelle Mandarine.

Aya se lève.

– Et la petite, c'est ma sœur, Adama. On s'en va.

– Non, non ! proteste ma mère.

Elle vient de trouver un cadeau et elle n'a pas l'intention qu'on le lui enlève.

– Restez manger avec nous, toutes les deux ! Jérémie, prends le sac et sors les pizzas. Je vais allumer le four.

– Faut d'abord que je demande la permission, fait Aya qui cherche son portable dans son sac.

– Je peux dire un mot à ta mère, si tu veux, propose la mienne.

Puis elle se penche sur Adama avec un sourire enchanté.

– Tu veux un verre de sirop, ma petite fille ?

11

Ma mère

Je n'ai jamais vu quelqu'un couper une pizza avec tant de joie. Tout juste si elle ne chante pas. Elle sert Aya la première. La plus grosse part, le fromage file de tous les côtés.

– Merci, madame, dit Aya.

– Appelle-moi Nolwenn. Et raconte-moi, c'est comment ce collège ?

Aya me consulte des yeux. Je secoue imperceptiblement la tête. Attention à ce que tu dis, Aya. Tu parles à ma mère.

– C'est obligatoire. Il n'y en a pas d'autre.

– Mais, insiste ma mère, toi, tu t'y sens bien ?

Aya me lance un regard traqué.

– J'aime bien apprendre. Les bulletins, ça va.

On peut balader ma mère un certain temps, mais il ne faut pas la prendre pour une imbécile. Elle soupire.

– Dans le fond, tu sais, l'important, c'est de se faire des amis.

Aya hoche la tête en fourrant un morceau de pizza dans sa bouche.

– Je suis contente que vous vous soyez trouvés, Jérémie et toi.

Ça y est. Elle parle de moi. Danger. Tiens, Adama vient de laisser tomber le contenu de son assiette sur ses genoux. Elle est couverte de sauce tomate. Ma mère se lève, ramasse, console et nettoie. Puis elle fait glisser sa part de pizza dans l'assiette d'Adama, qui la regarde comme si elle était le bon Dieu.

– Elle est en maternelle, cette petite fille ? demande ma mère.

Adama hoche énergiquement la tête.

– En moyenne section, précise Aya. Elle sait déjà ses lettres.

La conversation s'oriente gentiment sur la maternelle, la garderie et les squares du quartier. On se croirait dans une publicité pour des céréales. Adama, tu es un génie.

Elle a tenu à raccompagner les filles devant chez elles. Soi-disant qu'il ferait nuit et qu'il serait imprudent de les laisser sortir sans surveillance. Franchement. Elle n'a aucune idée de la vraie vie des gens. Aya s'est défendue : « Mais non, j'ai l'habitude... » Rien à faire. Elles sont parties toutes les trois et je nettoie la pizza écrasée sous la chaise d'Adama.

Je me sens bien dans cette cuisine vide. Elle est vivante. Elle est habitée par le souvenir de nos deux invitées et le bonheur de ma mère. Ma mère. Je ne me souviens pas de l'avoir vue sourire comme elle souriait ce soir, collée à une gamine qui ne sait pas encore manger toute seule. D'habitude, quand on est tous les deux, elle est toujours fatiguée, et rongée par l'inquiétude. Ce soir, je la regardais, et c'était comme si je la voyais pour la première fois.

Je devrais être jaloux que d'autres que moi la rendent heureuse. Mais c'est l'inverse. Je me sens léger. Faudra qu'Aya revienne. Peut-être que ma mère serait intéressée par Marka aussi. Peut-être qu'elles auraient des choses à se dire. Et Lily. Lily si elle voulait. Elle serait tranquille ici. Elle serait rassurée. On peut manger à six dans cette cuisine. La table est assez grande.

Et bien sûr, j'arrive pas à dormir. Chaque fois que j'essaie de penser à mon camion, je suis ramené dans la cuisine. Je suis en train de mettre la table et je fais asseoir Lily. Marka parle avec ma mère devant le frigo. On sonne. J'ouvre à Aya qui tient Adama par la main. Je sors mon gratin du four. Il est doré. Ma mère attache une grande serviette au cou d'Adama.

–Vous aussi, vous avez des arbres roses? demande ma mère à Marka.

Je cherche à faire entrer mon dîner dans le camion. Je n'y arrive pas. Il n'y a pas assez de place pour tout le monde.

C'est comme si je n'avais pas dormi. Il est 6 heures et demie au réveil. J'entends ma mère bouger dans la salle de bains. Je vois Lily dans ma tête. Je vois ses jambes allumettes et son air paniqué. Je veux pas qu'elle arrive toute seule au collège. Je veux pas qu'on chuchote quand elle passe. Je vais faire la route avec elle. Ils savent qui je suis. Ils se tairont. Je fais ce que je veux, après tout. Je suis exclu, je suis pas en prison.

– Déjà levé ? s'étonne ma mère.

Elle a gardé ses yeux amusés, ceux qu'elle avait hier soir.

– Vu ce que je fais de mes journées, je suis pas trop fatigué.

Elle rit.

– C'est sûr. Aujourd'hui jeudi… À quoi tu vas t'occuper ?

Je fais semblant de réfléchir.

– Je peux ranger. On a encore des cartons à vider.

Elle a une petite grimace.

– Si tu veux. Tu ranges ta chambre. Mais je t'interdis de toucher à ce qui est dans la mienne.

– Maman ! Le petit cabinet secret…

La petite grimace se transforme en froncement de sourcils.

– C'est pas drôle, Jérémie. Va pas fouiller dans mes affaires.

Elle s'approche de moi. Elle a changé de visage. Elle a retrouvé l'autre, celui d'avant, avec l'inquiétude et la fatigue.

– Je ne plaisante pas, Jérémie. Tu m'aimes, n'est-ce pas ?

C'est une question sans réponse.

– Alors si tu m'aimes, tu ne touches à rien. C'est tout.

Est-ce qu'elle croit vraiment que je ne sais pas ce qu'elle planque dans sa chambre ?

N'importe quelle personne normale, à condition qu'on lui interdise de le faire, fouillerait dans ses placards et sous son lit. C'est très bien décrit dans *La Barbe bleue*. N'importe qui le ferait, quitte à ce qu'on lui coupe le cou.

Ma mère planque le passé parce que le passé fait mal. Elle nous organise une petite vie à deux au présent. Elle nous préserve. Elle se donne beaucoup de peine pour ça.

Ma mère fait comme si on pouvait vivre tranquillement au milieu d'un océan de tempêtes, de morts et de catastrophes. À condition d'éviter d'en parler. Ce dont on ne parle pas n'existe pas. C'est comme ça qu'elle pense et ce n'est pas moi qui vais l'en empêcher. Je ne veux pas forcer sa vie. Je ne veux pas être celui qui la rend malheureuse. Elle ne dit rien, je ne pose pas de questions. Elle planque ses souvenirs, je fouille en cachette. C'est notre accord muet. On s'entend super bien pour se mentir tous les deux.

Je me sens super heureux quand je sors le vélo du local. Je me sens tellement fort. Je suis le gardien du silence de ma mère. Je suis le soldat qui protège Lily. J'ai de la lumière dans la tête, ça m'éblouit. Je respire à fond. Je pourrais avoir le monde entier contre moi, ça me serait égal. Ça me ferait plaisir, même. Je rigole à l'intérieur en me rappelant ce moment où j'envoie mon poing sur le nez d'Élias. C'était direct, c'était beau. Je sens l'arc de puissance qui traverse mon épaule et mon bras. Il vibre.

J'en ai rien à faire qu'on me voie, ni qu'on parle sur moi. Je me suis planté à 7 heures et demie devant la maison de Marka, et depuis j'attends. On est adossés au mur du cimetière, ma fidèle monture et moi. Je remonte la fermeture de mon blouson, j'ai froid.

C'est Marka qui ouvre la porte. Elle est emballée dans une immense robe de chambre rouge avec des revers et un col en duvet. C'est le Moyen Âge presque, à la cour du roi de France, la reine. Elle garde la main posée sur l'épaule de Lily. On dirait qu'elle l'encourage.

– Tiens, dit-elle quand elle m'aperçoit. Le cycliste. Il a rapporté sa bécane aujourd'hui.

Je ne sais pas si Lily est contente ou fâchée de me voir. Elle ne laisse rien paraître sur son visage. Lily.

Je m'approche en tenant mon vélo par le guidon.

– T'étais pas exclu, toi ?

– Justement, j'ai le temps. Je t'accompagne jusqu'au collège et après je rentre chez moi.

Marka secoue la tête, dans l'attitude bien connue du : « Je ne dis rien mais je n'en pense pas moins. » Elle cherche dans les poches de son peignoir géant. Elle en sort des caramels qu'elle fourre dans la main de Lily.

– Contre le stress. Le sucre, ça calme.

Puis elle fait un truc que personne ne m'a jamais fait : elle me prend le menton, elle relève ma tête et elle me regarde dans les yeux.

– Toi, mon petit bonhomme, je sais pas ce que tu cherches, mais je te conseille de faire gaffe. Je tiens à ma gamine. Elle a pas besoin d'emmerdes en supplément. On se comprend ?

Je bouge le menton de haut en bas pour indiquer que oui, j'ai compris. Je sais d'où Lily tire sa manie des gros mots. De la Reine rouge.

12

Le grand frère

– C'était pas la peine, fait Lily en rajustant les bretelles très roses de son sac à dos rose. Je peux me défendre toute seule.

Plus on avance vers le collège, plus il y a de collégiens sur les trottoirs. Des visages se tournent vers nous. Je vois des groupes murmurer. Lily peut dire ce qu'elle veut, c'est mieux qu'elle ne soit pas seule. À deux, on les voit moins, on les oublie.

– Forcément, ils causent. Déjà, j'ai une mère qui fait des paniques en public. Et en plus, j'ai un copain qui a des accès de violence… C'est la célébrité.

Je pourrais me vexer qu'elle me voie

comme un barbare. Je pourrais être content qu'elle me considère comme un « copain ». Avec elle, je ne sais jamais trop quoi penser.

– Faut pas croire, ma mère, dit Lily et je me demande si elle parle pour elle ou pour moi. Elle a rien de méchant. C'est une maladie qu'elle a, une maladie de la peur. Des fois elle a l'impression qu'on lui veut du mal, la tuer ou la mettre en prison, ou alors qu'on lui parle dans sa tête et qu'on l'insulte… Ça lui vient comme des crises. Et les gens, au lieu de la rassurer, au lieu de l'aider, tout ce qu'ils font, c'est l'enfoncer. Si elle avait une crise cardiaque dans la rue, ils se bougeraient. Mais là, rien. Ils ricanent, ils se moquent. Et après, au lieu d'appeler un docteur, ils appellent les flics. Les gens, sans blague, ils réfléchissent à rien. C'est des cons.

– Mais si c'est une maladie, il y a pas des médicaments ?

– Si, mais faut pas qu'elle les oublie. Des fois aussi, elle en a marre de les prendre. Elle veut voir si elle est pas guérie… Mais en fait, non. Pas encore maintenant, quoi.

Je pense que j'ai la vie facile, avec ma mère et sa petite manie du silence. Je me sens beaucoup moins fort, tout d'un coup. Toute la force que j'avais vient de sortir de chez moi pour foncer chez Lily. Je la regarde en marchant. Elle est super puissante sur ses jambes d'allumettes, avec son carquois rose. Je comprends que la Reine rouge soit de son côté. C'est là qu'est la puissance.

Si j'avais été un peu plus malin, je me serais arrangé pour qu'on soit en retard. Pas de beaucoup, une minute ou deux. Juste le temps qu'ils soient entrés, qu'ils aient quitté le parvis du collège. Je n'ai aucune envie d'aller m'agglutiner avec eux devant le portail.

Je m'arrête au coin de la rue.

– On reste ici. On va attendre que ça sonne. Tu seras à l'heure.

Lily pouffe.

– Hou là, la grosse stratégie…

Elle se tourne vers moi.

– J'ai pas peur d'eux, Jérémie. Tout ce qu'ils peuvent dire, je le sais, ils me l'ont déjà dit.

– Mais Élias ? Dans la cour ? T'avais peur d'Élias…

Elle sourit.

– C'était à cause de toi ! J'ai vu que je pouvais même pas avoir un copain pour discuter… C'était même pire que pour ma mère, parce que ma mère, à force, j'ai l'habitude. Je suis endurcie. Même si c'est dégueulasse.

– Hé, Lily, on t'a jamais fait remarquer que tu disais des gros mots sans arrêt ?

Elle rit.

– Et alors ? Tu les comprends, non ?

– Mandarine, sans blague ?! T'as une permission de sortie ?

Aya porte le même sweat qu'hier soir et la tache de sauce tomate dessus est d'hier elle aussi. Elle se plante devant moi et elle tend le visage pour me faire la bise. Je suis d'accord qu'on peut se faire la bise quand on a dîné ensemble. Mais ça reste quand même une nouveauté pour moi, d'embrasser les gens dans ce quartier que j'ai même pas choisi.

Lily n'a pas plus l'habitude que moi des bises d'Aya. Elle se laisse faire d'un air un peu raide. Bises et rebises. Nous sommes en train d'entrer dans une nouvelle époque de notre vie, clairement.

Aya ne pose pas de questions. Elle a compris. Elle est rapide. Ça plairait à Marka.

– T'inquiète. Je suis là.

Elle prend Lily par le bras, comme si elles étaient copines depuis toujours.

– Toi, tu dis rien, tu fais la gueule, comme d'habitude. Moi, je mords.

Lily nous observe tous les deux avec un sourire moqueur. Elle est trop orgueilleuse pour en faire plus. Pas grave. On sait tous les trois à quoi s'en tenir.

– Je reviens pour la sortie.

– Décidément, tu peux plus te passer du collège, Mandarine.

– C'est ça. Je l'aime trop. À tout à l'heure.

Je les regarde aller vers le portail, toutes les deux. Je sens un truc très chaud qui me monte dans la poitrine et qui m'écrase le cœur. Je ne sais pas si j'ai envie de rire ou de pleurer, c'est désagréable. Je respire à fond et je sens mon vélo vaciller. On vient d'envoyer un coup de pied dans la roue arrière. C'est bête, ça risque de voiler la jante.

Je vérifie l'état de la roue. Puis je jette un bref coup d'œil à l'agresseur. Ah oui. On ne peut pas dire qu'Élias est moche. C'est juste qu'il n'y a rien d'intéressant chez lui. Il est comme une barre de pâte à modeler, lisse et mou. Ce pansement, finalement, c'est ce qu'il y a de mieux chez lui. Il lui donne du caractère. On devrait me remercier.

– Hé, dis donc ! Il t'a rien fait, ce vélo !

– C’est lui ? C’est lui ? murmure nerveusement le grand type qui marche à côté d’Élias.

Élias baisse la tête. Je lui fais encore trop peur pour qu’il fasse entendre le son de sa voix. Le grand type insiste.

– Qu’est-ce qu’il fait là ? T’as pas dit qu’il était viré ?

La sonnerie du collège retentit. Élias tire le type par la manche. Ils se précipitent tous les deux avant que les surveillants referment la porte. Le grand type est sûrement en troisième.

Et c'est probablement un des frères d'Élias. Il y en a plein le collège. On les reconnaît. Ils ont tous quelque chose d'un peu brutal, d'un peu absent aussi. Ils sont vides et excités.

La roue n'a rien. Pauvre Élias. Même pas capable de réussir un coup de pied. Je suis presque triste pour lui. Le bon coup de pied, c'est comme le bon coup de poing, pas donné à tout le monde. Les gens n'y connaissent rien. La rage ne suffit pas. On ne tape pas n'importe où n'importe comment. Faut se maîtriser. Faut le bon geste, précis. C'est ce que j'aurais dû expliquer au principal, quand j'étais dans son bureau. J'aurais dû lui dire que j'avais du mental et de la technique, et des raisons de m'en servir. J'aurais été viré une semaine de plus. Évidemment.

C'est trop compliqué de rentrer chez moi. L'appartement désert. Les cartons fermés. Les photos sous le lit. Le silence. Je descends vers le cimetière. J'ai envie de voir l'ange debout. Je veux m'asseoir sur la famille Carette-Vasseur et respirer profondément. Mais arrivé devant le mur, je me rends compte que, si je peux passer par-dessus, le vélo aura du mal à me suivre. En plus, il fait froid. C'est là que je pense à Marka. La fenêtre est éclairée. La lumière chaude, un peu orangée. Elle est chez elle.

– Laisse ton vélo dans le couloir. Je te fais un chocolat.

Elle n'a pas l'air surprise. Comme si elle m'attendait.

13
Café ou chocolat

Je suis assis devant un bol de chocolat bouillant. Je n'ai pas osé refuser. Marka s'est installée en face de moi. Elle a posé ses coudes sur la table et elle écoute, le menton dans les mains. Hier, je détestais ses questions. Pas ce matin. On dirait que je l'intéresse vraiment. Comme si j'étais une personne adulte qui a des choses à dire. Et puis elle aussi, elle parle d'elle.

– Rien ne t'oblige à partir pour toujours. Moi aussi, j'ai aménagé une camionnette quand j'étais jeune. J'adorais la route. Mais je partais pour quatre à six mois. Il doit me rester des photos. Tu veux les voir ?

Je ne sais plus comment j'en suis venu à

raconter mon camion, qui est mon domaine intime et privé. Je n'en ai jamais parlé à ma mère. Trop risqué. Tout lui ferait peur, le camion, le voyage, et même l'apprentissage. Avec Marka, c'est différent. Elle n'en a rien à faire de moi, elle peut me laisser vivre.

Donc on discutait de l'avenir, et de quel genre de personne on voulait être avant de mourir, et elle a répondu la première.

– Une belle vieille, avec des vêtements de bonne qualité et beaucoup d'amis.

Elle a levé les yeux et elle a soupiré.

– Bon, si j'arrive à rassembler l'argent, je me ferai enlever les poches que j'ai sous les yeux.

J'ai regardé son visage. À mon avis, les yeux, ça allait. À sa place, j'aurais plutôt enlevé les deux grosses rides qu'elle a dans les joues.

Ça m'a semblé assez personnel comme réponse. Je me suis senti en confiance, pour le camion. Elle avait l'air super intéressée par ce que je disais, les sites des nomades, mon plan de deux ans et tout ça.

– Le pire, ce serait que ça reste un rêve.

– Oh, t'as l'air assez décidé pour y arriver. Je ne me fais pas trop de souci pour toi.

– Mais vous, vous trouvez ça bien, de partir ?

– Ah oui, très bien. Formidable.

C'est là qu'elle m'a parlé de sa camionnette, de sa jeunesse et de ses photos.

– Oui, je veux bien les voir. Si ça ne dérange pas.

C'est drôle de voir des images de Marka quand elle était jeune, posant à côté de sa camionnette avec des bottines et un foulard enroulé sur ses cheveux. Les photos sont prises dans un tas d'endroits différents, des bords de mer couverts de cailloux, des villes aux maisons peintes ou des palmiers avec le désert tout autour.

– Norvège, dit Marka en faisant défiler les photos, Bulgarie, Algérie…

Sur certaines photos on voit bien l'intérieur du fourgon, avec le lit qui se rabat et les bidons accrochés sur les côtés. Personnellement, j'ai plus d'ambition pour la décoration, mais c'était une autre époque.

– Tu lui en as parlé, de ton camion, à Lily ? Je suis sûre que ça lui plairait.

– On se connaît pas assez.

– T'as quand même cassé le nez du gamin qui la harcelait…

– C'est pas ce que j'ai fait de mieux.

– T'aurais pu trouver plus intelligent, c'est sûr. Mais tu la défends, c'est déjà ça.

– C'est la première personne de ce collège qui est venue me parler.

– Elle n'est pas très bavarde, pourtant.

– Elle est mystérieuse.

Marka éclate de rire.

– Tu manques pas de mystère non plus... Ils sont d'accord, tes parents, pour le camion ?

L'avenir, on pouvait parler. Le présent, non.

Je ne réponds pas.

Je regarde le bol devant moi. Le problème du chocolat, c'est l'odeur. Elle écœure.

– J'aime pas trop le chocolat non plus.

– J'aurais dû m'en douter. T'y as pas touché, hier.

– C'est ça. J'aime pas.

– Tu préfères du café ?

– Je dis pas non.

Ensuite je me tais. Pas de souci. Marka se lève pour prendre une tasse et la cafetière. Elle sait très bien bavarder toute seule.

– C'est bien que tu sois l'ami de Lily. Elle est trop seule, cette gamine. Sa mère l'aime beaucoup, ce n'est pas la question. Mais elle est fragile. On ne peut pas compter sur les grands-parents de Beauvais qui n'ont aucune pitié pour leur fille et qui n'aiment pas beaucoup leur petite-fille. Chaque fois qu'elles y vont, ça se termine en drame. Et comme il n'y a pas de père connu dans l'histoire, tout retombe sur Lily. C'est elle qui s'occupe de tout.

–Vous êtes de la même famille ?

– Ah non. On est voisines.

– Mais alors, sans manquer de respect, pourquoi vous vous mêlez de leur vie ?

Elle pose une tasse de café devant moi. Du café. Je suis pas vraiment sûr d'aimer ça.

– Ça te va bien de me poser la question ! Et toi ? Pourquoi tu te mêles de te battre pour une fille qui t'a à peine adressé la parole ?

Elle m'énerve, à la fin. Elle mérite que je lui dise la vérité.

– Parce que j'ai pas trop le choix. On est égaux tous les deux. Ça me crée des responsabilités.

– Des responsabilités… répète Marka avec un sourire en coin. Suffit pas de bouger. Faut réfléchir un peu aussi. T'as pensé que le pauvre crétin pourrait se venger un jour sur Lily ?

Qu'est-ce qu'elle veut que je lui dise ? Je préfère me taire. Ça ne m'intéresse pas de parler avec des gens qui n'y connaissent rien et qui critiquent tout.

– T'aimes pas le café non plus, on dirait.

– C'est l'odeur. Ça sent le brûlé.

– La prochaine fois, je te ferai de la citronnade.

– À votre place, j'essaierais le sirop de fraise.

– D'accord.

– Merci. J'aime pas trop le citron non plus.

C'est là-dessus que je m'en vais. Ou presque. Nous sommes sur le pas de la porte, et j'essaie de sortir mon vélo du couloir sans rayer la peinture sur les murs, quand Marka dit qu'elle voudrait demander à un juge de partager la responsabilité officielle de Lily avec sa mère.

– Je ferais partie de la famille. Sandrine serait soulagée et Lily rassurée. Faut encore que je me renseigne. Mais je ne connais pas les démarches et tout m'a l'air assez compliqué…

La poignée du frein vient cogner dans le mur. Elle emporte un éclat de peinture.

– Désolé pour la peinture. Je vais demander à ma mère.

– Elle est peintre, ta mère ?

– Elle travaille chez des avocats. Elle peut trouver les informations, pour la responsabilité, si vous voulez.

14
La médaille en or

Le printemps attendait que je sorte de chez Marka pour se pointer. Le ciel est bleu comme une serviette de salle de bains, il fait tiède. Je suis presque content de rentrer à l'appartement. Je pense à ma cuisine. Je recommence à faire des plans. Inviter Marka pour dîner avec ma mère. Elle sera d'accord. C'est une femme qui aime faire des connaissances. Ajouter Lily et sa mère fragile, puisqu'elles sont amies. Je compte les chaises qu'on a dans l'appartement. Il faudrait que ma mère achète des tabourets, on ne sait jamais. Je me sens bizarrement heureux. C'est pas normal. Pas désagréable non plus.

Je pourrais toucher le silence dans l'appartement, tellement il est épais. J'allume la télé. C'est un film sur les marais. Des grenouilles. Des couleuvres. Des insectes qui courent sur l'eau. Je laisse causer la voix et je vais dans la chambre de ma mère. Je tire la boîte en carton, au milieu du puzzle en dessous de son lit. Je sors la photo des vacances. Celle où il sourit, avec la planche de surf sous le bras. Si c'est pour l'enfermer dans une boîte, c'est pas la peine. Je garde la photo et je range la boîte.

Je me mets à quatre pattes et je regarde sous le sommier. Il y a une quantité de rangements planqués là-dessous, les bacs en plastique où sont rangés les vêtements d'été, des chaussures, et des cartons de papiers. Au milieu, j'en repère une que je n'avais jamais vue, plus petite, en bois. Jolie. Elle ne verra même pas que j'y ai touché.

C'est le coffre aux trésors, là-dedans. Une montre. Un porte-cartes. Un bracelet en métal blanc, bien trop grand pour elle. Un écrin à bijoux, peut-être pour un collier ou pour une bague. Il faut appuyer sur un petit bouton pour l'ouvrir.

Une médaille est posée sur un coussin de tissu. Elle est accrochée à son ruban bleu blanc rouge par un petit rameau dont les feuilles remontent sur le tissu, très élégant. Le dessin gravé en relief sur le métal n'est pas mal non plus. Une déesse armée d'une épée protège une femme et un enfant à genoux. Sur le côté, il est écrit « Police nationale ». Plus haut, sur le ruban, une étoile est épinglée.

C'est une grosse médaille, plutôt large, assez lourde. Je me demande si c'est de l'or. Un nom est gravé au dos. C'est mon nom.

J'en ai marre. Plus marre que je n'en ai jamais eu marre de ma vie. J'en ai marre de ma mère qui croit que ce qu'on ne dit pas ne risque pas de nous faire de mal. Je sais qu'il est mort. Je sais qu'il était policier. Je sais qu'on a tiré sur lui. Je ne peux pas avoir tellement de souvenirs, j'avais deux ans. Mais je sais. Maintenant je voudrais juste pouvoir en parler, qu'elle me dise comment il était, qu'elle me raconte ce qu'il faisait, au travail et pendant les vacances. Je n'ai pas peur du passé. C'est elle qui est terrifiée. C'est elle qu'il fait pleurer.

Je colle la photo de mon père sur le mur de ma chambre, à côté de mon lit. Quand on entrera dans ma chambre, on sera forcé de la voir.

Je vais m'acheter une planche. Je la prendrai dans mon camion. Je roulerai vers l'océan et j'apprendrai à surfer.

Je regarde le devoir de maths sur Pronote. Pas si difficile. Si je le fais maintenant, je pourrai le passer à Aya tout à l'heure. Elle le remettra demain au prof et je serai au carré. La voix des marais ronronne toujours dans le salon. On trouve des tritons aussi.

Sortir cette photo de son trou, ça m'a calmé. Je peux travailler.

« Les photos,
La montre, la médaille, le bracelet,
Mon père.
Est-ce qu'on est obligé de tout enterrer
Pour se protéger du passé ? »

Ce serait une bonne question pour ma mère. Si j'avais le courage de la lui poser. Seulement voilà, ça fait dix ans qu'elle blinde, et c'est pas moi qui vais casser le mur. Je suis pas assez fort. Et j'aurais trop peur de la casser en même temps. C'est pas pour me comparer sans arrêt, mais moi aussi, j'ai une mère fragile. Moi aussi, je la défends à ma façon. Le poème, je le garde pour moi, il va rester sur mon bureau.

Pas sûr que ce soit la peine d'aller attendre Lily à la sortie. Aya la protège et personne n'ira chercher des ennuis à Aya. En même temps, je leur ai promis ce matin que je serais là. Je peux pas trahir mes promesses. Marka serait déçue.

J'assume. Je vais avoir l'air du pauvre type qui peut pas se passer du collège, et qui s'accroche comme un pou aux deux seules filles qui veulent bien le regarder. Je serai ridicule, et ce sera mérité. Parce que vraiment j'en peux plus de rester seul chez moi, et oui, c'est vrai, Aya et Lily sont devenues les personnes qui comptent le plus dans ma vie. J'ai envie de les voir, c'est tout. 17 h 10, en selle.

Je me pose au coin de la rue, comme ce matin. Je m'adosse au mur, mon vélo à côté de moi, en touriste. Ils ont encore dix minutes de cours à tirer, je suis en avance. Je m'appuie sur le guidon. Il y a des fleurs jaunes dans les bacs de la mairie. Les premières fleurs après l'hiver, ça fait plaisir. La surveillante avance à pas lents vers le portail. Elle sort sa clé, elle ouvre la porte et elle se plante devant. Ça ne va pas tarder à sonner.

Les premiers qui sortent sont des grands. Les autres se pressent derrière eux comme un banc de sardines. Deux garçons s'avancent dans ma direction. Je reconnais leurs visages, mais pas assez vite, pas avant qu'Élias se précipite pour les rejoindre en criant : « Il est là ! Il est là ! » Si j'avais été plus rapide, j'aurais sauté sur mon vélo et je me serais barré. Je n'ai aucune envie de participer à ce qui s'annonce. Mais je dois manquer d'entraînement, j'ai perdu l'habitude d'être aux aguets. De toute façon, la question ne se pose plus. Deux frères d'Élias sont plantés en face de moi et me fixent de leurs yeux absents.

15

Le choix

Le plus grand se frotte les mains comme s'il fallait les échauffer avant de s'en servir, ce qui est inutile sauf à vouloir effrayer l'adversaire, ah oui, et frimer pour son public. L'autre envoie un méchant coup de pied dans le cadre de mon vélo, et malheureusement il est plus efficace qu'Élias. Un peu plus massif aussi. Il saute sur le vélo à pieds joints. Je n'aime pas ce que j'entends, un froissement de métal écrasé. Voilà, c'est fait, et ils me regardent, le coin des lèvres légèrement retroussé. Je suppose que c'est un sourire, ou alors ils vont

mordre. Maintenant ils attendent que je tape le premier, pour pouvoir me démolir en légitime défense.

Dans mon champ de vision, je vois les curieux s'assembler autour de nous. Mais, à part Élias qui sautille sur place au premier rang, je n'aperçois personne de ma classe. Il s'est arrangé pour sortir avant les autres, le sournois. Les frères ont calculé leur petite affaire. On ne se méfie pas assez des gens qui ont l'air à la fois vides et brutaux.

Quand on est en mode danger, on peut penser très vite. Je sens l'adrénaline grimper, elle me monte jusqu'aux cheveux. J'ai chaud d'un coup. Mon cœur est à sa place, ma vision nette, c'est une joie qui me prend, de me sentir fort et entraîné, une machine. Je vois ce que je dois faire. Je connais la séquence. D'abord cogner le plus grand, un seul coup, ramassé, au visage, pour le stopper. De quoi calmer le petit.

Tout de suite, je lui en remets un deuxième au ventre, par en dessous, pour sécuriser. Et là, je me colle au plus près pour bombarder. Si on est bien serrés, le frangin ne saura pas où m'atteindre sans se planter… Il fera des moulinets dans l'air, ses coups vont tomber à côté. Je m'occuperai de lui quand le grand sera sonné. Je sais que j'ai mes chances. Faut juste que j'y aille maintenant. Les poings se serrent, l'arc se tend. Ça vibre.

Et puis non. Ce n'est pas la peur, c'est ma joie qui m'arrête. Qu'est-ce que je suis en train de faire ? Dans cinq minutes, Lily sera responsable d'un cinglé incapable de contrôler ses poings et elle passera pour la coupable. Marka n'aura plus très envie de recevoir chez elle un type assez con pour mettre deux fois Lily en danger. Aya se dira que je suis irrécupérable et que le mieux est de tenir Adama à distance. Dans cinq minutes, je pourrai dire adieu à mon nouveau collège. Dans cinq minutes, j'aurai ruiné les efforts de ma mère et le peu d'espoir qu'elle garde en moi.

Qu'est-ce que j'aurai gagné ? La joie de ma puissance. Quelques secondes durant lesquelles je me serai donné à moi seul la preuve que je suis vivant.

Je peux pas. Je peux pas taper cet imbécile. Son frère aîné m'attendra demain. Son oncle. Ou son cousin. Je devrai frapper encore, encore et encore. Jusqu'où ?

Je laisse retomber mes bras et je le regarde. Je vois l'incompréhension dans ses yeux. Il se demande ce que je prépare. Je me souviens de ce que disait Lily : « Ils ont toujours l'air perdus quand ça ne se passe pas comme ils veulent. Faut jamais faire ce qu'ils attendent. » Je secoue la tête d'un air dégoûté.

– Ton abruti de frère a pété mon vélo. Famille de tarés. Pauvre taré toi-même.

L'incompréhension dans ses yeux vire à la fureur. Je ne bouge pas. Je respire à fond. Vas-y, mon gars, je suis prêt, frappe une bonne fois pour toutes. Prends le mal sur toi. Et qu'on n'en parle plus.

Je me déporte de quelques centimètres. J'esquive le premier coup. Je me baisse. Le deuxième part dans le vide. C'est le troisième qui me chope, de côté, en plein sur l'arcade sourcilière. J'entends quelque chose craquer. Je sens la tiédeur du sang, puis je vois sa couleur. Je vacille. J'entends qu'on crie. «Arrêtez! Arrêtez!» Une voix aiguë monte par-dessus les autres.

– Élias! Éliaaaaas! Dis-leur d'arrêter!

Saskia. Saskia l'embrouilleuse, avec sa couronne de cheveux bouclés. Bien sûr, il fallait qu'elle s'en mêle. C'est idiot, mais je suis content. Pas très longtemps. Enhardi, le frère m'envoie une gifle. Il nage dans l'instant de sa puissance, celui-là. Je tombe sur les genoux. Je bascule sur mon vélo. Je suis en PLS sur la roue quand je reçois un coup de pied. Puis un autre, de l'autre côté. Je protège ma tête avec mes bras, il faudrait que ça s'arrête. J'en avais pas demandé autant. J'ai mal dans la poitrine. Ça brûle.

– Le touchez pas ! crie la surveillante. Reculez-vous !

Je sens sa main qui se pose sur moi. Je crie quand elle me touche. Elle essuie le sang sur ma figure avec le vieux masque chiffonné qu'elle a sorti de sa poche. Elle répète :

– C'est pas vrai ! C'est pas vrai ! Qu'est-ce que t'as encore fait ?

– Non, monsieur, c'est pas lui ! J'ai tout vu. Il a même pas essayé de se défendre, monsieur, je vous le jure, il est resté tout calme et c'est les deux autres qui l'ont attaqué, ils lui ont démoli la tête, et mis des coups de latte, les assassins, monsieur, c'est des frères d'Élias, même s'ils disent que c'est pas eux, je peux vous le dire, c'est pas vrai, j'étais là…

J'aimerais beaucoup qu'on m'enlève de cette roue, on est trop mal couché sur un vélo. Le principal est penché au-dessus de moi pendant que Saskia lui crie dans les oreilles. Il ne fait rien pour me relever, tout le monde sait ça, faut pas bouger les blessés. Il murmure.

– Ça va aller, Jérémie. On va venir te chercher.

Là, il fait un truc incroyable pour un principal. Il me prend la main et il la garde dans les siennes. Comme s'il m'aimait.

J'entends la sirène. Tant que je respire pas, ça va encore. Je suis cassé. Ça me rend mou. Une poupée de chiffon qu'on soulève doucement. Le brancard s'élève, j'ai un peu envie de vomir, adieu mon vélo.

16

L'hôpital

Je suis couché dans un camion. Sans blague. Un camion aménagé comme un hôpital mais un camion quand même. Un jeune homme en blouson bleu est assis à côté du brancard. Sur la bande rouge qui traverse le tissu au niveau de sa poitrine, on lit en lettres blanches : « Sapeurs-Pompiers ». Je me demande si les sapeurs-pompiers reçoivent des médailles, aussi. S'ils sauvent des gens. S'ils font des exploits. S'ils meurent en service. Sûrement.

– Ça va, mon gars ? demande le pompier.

– Mieux.

– T'as pas envie de dormir ?

– Trop mal.

– On va vérifier ça à l'hosto, examens, tout le bazar… Oui ?

Ma parole, il est payé pour me poser des questions ! Il se rend pas compte que c'est dur de répondre ?

– Tu t'es battu alors ?

– Pas moi.

– Tu t'es pas défendu ?

– Non.

Il secoue la tête. Il est désolé pour moi.

– Faut apprendre, mon bonhomme. Faut savoir se battre dans la vie.

Je voudrais qu'il se taise. Je ferme les yeux.

Elle regarde les radios. On voit mes intérieurs en noir et gris. Le cerveau dans ma tête. Les côtes dans ma poitrine. Je suis couché dans un lit, près de la fenêtre de la chambre. L'autre lit est vide.

Elle se tourne vers moi. Elle une blouse blanche, un joli sourire et des cernes sous les yeux.

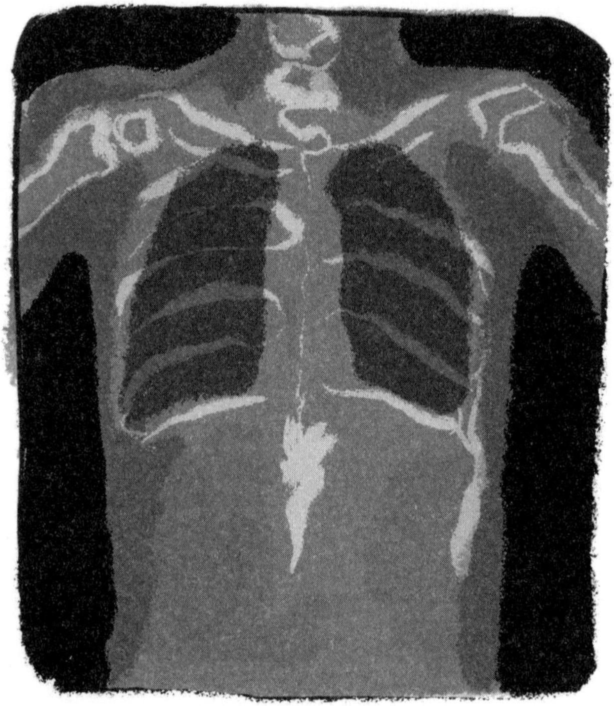

– Deux côtes cassées mais la tête n'a rien.

– Je peux m'en aller ?

Elle rit.

– Ah non. Je te garde. On a appelé ta mère. Elle va t'apporter un pyjama. Moi, je te reverrai demain matin. T'es pas mal amoché quand même.

– Vous dites ça à cause de ma figure ?

Elle rit encore.

– C'est sûr, avec tes agrafes et les hématomes… Mais t'inquiète. Dans quinze jours tu retrouves figure humaine, c'est promis.

Quinze jours.

– Et en attendant, je peux retourner au collège ?

– Dans quinze jours, je te dis. C'est moi le docteur, ici.

– J'irai avec mes bleus.

– Pas question. Pas avant que tes côtes se ressoudent. T'as pas le choix, faut attendre. Et respirer profondément, une fois par heure. Tu sais le faire ? Respirer à fond ?

Elle se paie ma tête. Je crois bien, madame, oui, je crois que je sais respirer à fond.

La poignée de la porte se tourne. Je suis content qu'elle n'arrive que maintenant, qu'elle ne m'ait pas vu sur mon brancard, qu'elle n'ait pas attendu mes radios dans un couloir. J'ai pas envie de sa peur, j'ai pas envie de ses reproches, j'ai pas envie de la voir. Je fais semblant de dormir quand elle entre dans la chambre. Je l'entends qui s'assied dans le fauteuil. Elle pianote sur son portable. Tap tap tap. Si je ne lui montre pas que je suis réveillé, elle est capable de rester là toute la nuit.

Je soupire, j'ouvre les yeux. Je me suis préparé à son visage fatigué, à son regard inquiet. Je me suis préparé à entendre ce qu'elle ne dira pas, qu'elle vit dans la peur depuis que mon père est mort, qu'elle ne supporte pas l'idée qu'il arrive quelque chose à son fils. Mon père fantôme. Pas besoin de parler de lui, il est toujours là, entre nous, il nous gouverne dans le silence.

Elle ne s'aperçoit pas que je suis éveillé. Elle regarde le ciel par la fenêtre. Elle n'a pas l'air fâchée, ni triste, ni angoissée. Elle pince les lèvres, elle cache un sourire. Elle pense. À la fin, ça me gêne de l'observer sans qu'elle s'en doute. Je me racle la gorge.

– Ah, dit-elle enfin.

Elle se penche sur moi, elle cherche un endroit sur ma figure où déposer un baiser, elle m'embrasse sur les cheveux. Elle ouvre le sac qu'elle a apporté, elle en sort mon pyjama gris. Puis elle fouille le fond et elle dépose sur le drap devant moi deux objets. Un écrin dont je connais le contenu. Et une montre.

– C'est à toi. La montre de ton père. Et sa médaille d'honneur. Il l'a reçue après sa mort. Il l'aurait méritée avant. Elle est en or.

Je n'y comprends rien. Normalement, elle devrait fondre en larmes. Pourtant non. Elle a toujours son sourire caché. J'avoue.

– J'ai fouillé dans ta chambre. Sous ton lit.

– Je suis entrée dans ta chambre, moi aussi. J'ai vu la photo sur ton mur. Et le poème sur ton bureau.

Elle se tait. J'attends qu'elle m'engueule. Mais.

– T'as ses cheveux. T'as ses yeux. Deux gouttes d'eau, toi et lui. Ça sert à rien de te mettre sous cloche. Personne t'empêchera d'être toi, comme tu es.

La purée, ça va. Le poisson est trop cuit. La compote est acide. J'ai trop faim pour laisser.

– Alors ce petit jeune homme ! crie l'infirmière en bousculant la dame de ménage qui sort avec mon plateau. Comment elles vont, ces fractures ?

Elle enfile un bracelet de tissu autour de mon bras.

– T'en as, une tête, dis donc ! Qu'est-ce qui t'est arrivé ? T'es tombé de ton vélo ?

– Je suis tombé *sur* mon vélo.

– Gros malin, va ! Comment t'as fait ton compte ?

– On m'a poussé.

Le tensiomètre gonfle autour de mon bras, écrase le muscle, puis dégonfle. L'infirmière jette un coup d'œil au cadran.

– Pauvre poussin ! T'es bien arrangé… Allez, neuf-onze, on est bon !

Elle retire le bracelet et elle me colle un thermomètre sur le front. Elle lance à ma mère :

– Il est mignon, votre gamin. Il a de beaux cheveux.

– C'est vrai, répond ma mère. Il tient ça de son père.

J'aime bien cet hôpital. La cuisine est pourrie, mais on voit du monde tout le temps, la docteure, l'infirmière, l'aide-soignante, la dame de ménage. Ça va être dur de revenir à l'appartement pour deux semaines de plus. Quinze jours, quinze nuits, allongé, interdit de sortir, et de toute façon j'ai plus de vélo.

– J'ai pris une semaine, annonce ma mère. Et un abonnement à une chaîne de streaming. Je ferai des frites. On regardera des séries.

– Il y aura des séries documentaires ?

– Bien sûr.

– Sur les animaux ?

– J'en ai repéré une pour toi. Les anacondas.

17
Chez nous

Je quitte l'hôpital au début de l'après-midi. Ma mère range les médicaments dans le placard de la cuisine et elle sort les oreillers pour m'installer dans le canapé. Bien à l'aise. Je lui demande de décrocher la photo du mur, je veux qu'elle reste près de moi. Je la pose sur l'accoudoir du canapé. Et un verre d'eau, s'il te plaît, merci.

J'ai à peine pris la télécommande pour chercher les documentaires qu'Aya et Saskia sonnent. Ma mère est ravie de leur arrivée. Elle prend son grand sac spécial hyper et elle part faire des courses. Elle dit :

– Je vous le confie. Claquez la porte en sortant. À bientôt, Aya ! Reviens avec Adama !

– T'as trop de chance, dit Saskia.

Son regard fait le tour du salon, il va jusqu'à la cuisine dont la porte est ouverte.

– Il est trop beau, ton appartement.

Les murs repeints, les deux fauteuils gris, le meuble de télé, le petit tapis sous la table basse, l'affiche avec le bouquet dans un cadre au mur, et moi dans le canapé : l'appartement, quoi. C'est ma mère. Elle fait attention, elle aime que ce soit rangé.

– C'est pas juste, remarque Saskia. Libres et égaux en droits, c'est pas libres et égaux en appartements. J'aurais dû lui dire ça, à l'autre, tiens. Ils sont riches, tes parents ?

Aya s'est assise dans le fauteuil à côté de moi.

– Hé, Saskia ! T'as pas honte ? Ça se fait pas de poser des questions comme ça !

– Oh, ça va ! C'est Jérémie… Hein, Jérémie, c'est pas grave, les questions ?

– Je sais pas si on est riches. Ma mère, elle est secrétaire chez des avocats. Et mon père, il est mort.

– Oh, le malaise ! fait Saskia. Pardon !

– Pas grave. C'était il y a longtemps. Il était policier.

– Nooooooon…

Saskia me contemple avec des yeux épouvantés.

– Tu veux dire policier avec un uniforme ? Une arme, la voiture et tout ?

Aya me lance un regard accablé.

– C'est elle qui a voulu venir, Mandarine. J'aurais pas dû l'amener.

Saskia s'enfonce dans l'autre fauteuil. Elle n'en a rien à faire de ce que peut dire Aya. Saskia qui me fixe avec des yeux gourmands.

– Comment il est mort ?

Aya plonge sa tête dans les mains. Peut-être qu'elle va s'évanouir.

– C'est un type qui voulait tuer sa femme. Il s'était enfermé dans la maison. Mon père a pété la porte, il est entré, et le type a tiré.

– Sur lui ?

– Oui.

– Et la femme ?

– Elle s'est échappée.

– Aaaah, soupire Saskia avec un large sourire, il l'a sauvée ! Comme à la télé ! Ton père, c'est un genre de héros, quoi.

– Carrément un héros, corrige Aya. Tu dois être fier de lui, quand même.

– Mais triste, en même temps, ajoute Saskia.

Heureusement que c'était il y a longtemps. Pas facile facile, la vie, hein ?

Je me dis que ces quinze jours peuvent se révéler beaucoup plus intéressants que ce que je redoutais. Aussi, quand Saskia me demande si on va porter plainte, ma mère et moi, je lui réponds que je n'en sais rien, que ma mère décidera. J'ai cassé le nez d'Élias. J'ai décidé de me laisser démonter par ses crétins de frères. Je suis responsable. Porter plainte ? Vraiment ?

Saskia n'a aucune envie de partir. C'est Aya qui l'oblige. Il est l'heure d'aller chercher Adama à la garderie et clairement elle pense qu'il est temps de me libérer.

– Je pourrai revenir ? implore Saskia. J'ai trop envie de voir ta mère. Moi aussi, je veux devenir avocat. Accusé, levez-vous tout de suite. Et j'aime trop ton appartement, je te jure.

– C'est ça, on reviendra, dit Aya en la tirant par la manche. Jérémie, je t'ai laissé les devoirs sur la table. Et aussi, je dois te dire, j'ai donné ton adresse à Lily. C'est elle qui me l'a demandée.

Je ne fais même pas un signe d'au revoir quand elles s'en vont. Faut pas que je remue trop. Dès que je bouge un bras, mon torse se déchire.

– Au cimetière, mais oui ! Il se baladait entre les tombes avec son vélo !

Ma mère a trouvé Marka et Lily devant la porte de l'immeuble. Aya avait donné la bonne adresse. Mais pas le code. Elles attendaient. Quand elles sont entrées dans l'appartement, ma mère et Marka bavardaient déjà comme si elles se connaissaient depuis le collège. Marka.

Et ça continue dans la cuisine. Pendant qu'elles rangent les courses, Marka balance. Et que je traîne dehors en pleine journée, et que je retrouve Lily auprès de l'ange debout, et que c'est pour elle que je casse le nez d'Élias, et que je suis super intelligent pour mon âge, et que je n'aime ni le chocolat ni le café… Je peux m'estimer heureux qu'elle ne parle pas de mon camion. On n'entend pas beaucoup la voix de ma mère. Sauf.

– Vous resterez bien dîner ?

– Tu permets que j'invite Sandrine ? demande Marka en sortant son portable de son sac.

Incroyable. Elle la tutoie déjà.

Elles déposent deux assiettes sur la table basse. Pour elles, elles ont mis le couvert dans la cuisine. Quand la mère de Lily sonne à la porte, Marka se précipite pour ouvrir. Exactement comme si elle était chez elle. Je me dis que c'est comme ça qu'elle a voyagé dans le monde, en se croyant partout chez elle.

– Entre, Sandrine ! On t'attendait pour dîner.

La mère de Lily sourit à sa fille. Elle est jeune pour une mère, et timide. Elle n'ose pas regarder dans les yeux. Elle tient à la main deux branches couvertes de bourgeons rose vif.

– C'est pour toi, dit-elle en fixant le sol, et je comprends que c'est à moi qu'elle parle. Tu vas les voir fleurir.

– Un cerisier du Japon, ajoute Lily. L'arbre devant chez nous.

– Le printemps arrive, dit sa mère.

Marka la prend par le bras.

– C'est gentil, Sandrine, sa mère le mettra dans un vase.

– Oui, bien sûr, murmure Sandrine.

C'est fou le bruit qu'elles font en se présentant dans la cuisine.

– Nolwenn est super calée en droit. Elle va tout nous expliquer, pour Lily. Ça porte un nom. N'est-ce pas, Nolwenn ?

– Proche digne de confiance, approuve ma mère.

– C'est ça. Et c'est le tribunal qui décide, hein, Nolwenn ?

– Le juge des enfants, oui.

– Je vais être votre marraine officielle, les filles, avec des papiers et tout. Bon, la ratatouille, Sandrine, t'aimes la ratatouille ?

On entend des bruits de chaises. Aucun besoin de s'occuper d'elles ce soir, elles s'en chargent très bien toutes seules.

18

La photo

Lily s'est assise en tailleur sur le tapis, devant son assiette. Elle contemple sa ratatouille avec méfiance. Bon, d'accord. Dommage que ma mère n'ait pas eu le temps de faire des frites.

– Tu veux que je t'aide à manger ?

Une grande traînée orange couvre le torchon que ma mère a noué autour de mon cou.

– C'est gentil, mais je peux me salir tout seul.

Elle remue le contenu de son assiette du bout de sa fourchette.

– Je dois te dire, je veux pas qu'on soit amis.

Un gros bout de poivron s'écrase sur le torchon.

– Je préfère qu'on reste égaux de loin.

Génial. On se connaît depuis dix jours. Je me fais exclure pour elle. Suite à quoi je me fais démonter la tête. Et elle me jette.

– C'est pour ça que t'étais pas là hier pour me ramasser, avec Saskia, par exemple ?

Elle grimace.

– Aya m'a empêchée. Elle a dit que ça allait se retourner contre moi et que ce serait pire encore. Elle m'a ramenée chez moi.

– Super.

– Mais t'étais déjà par terre quand on est sorties ! La surveillante était à côté de toi…

– C'est ça. C'est Aya aussi qui t'a soufflé que je n'étais pas ton ami ?

– Ça, je l'ai compris toute seule.

Elle porte un minuscule bout de tomate à sa bouche. Pourvu qu'elle s'étrangle avec et qu'elle meure. Non, quand même, pas qu'elle meure. Qu'elle s'étouffe. Si je n'étais pas coincé dans ce canapé, je me lèverais et partirais. Une grosse boule se forme dans ma gorge.

Une grosse boule de panique. Qu'est-ce qui ne va pas avec moi ?

– Ça va, les jeunes ? lance Marka de la cuisine.

– Oui, oui, répond Lily.

Moi, j'ai cette boule qui m'empêche de parler. Je jette ma fourchette dans mon assiette. Moi non plus, j'aime pas la ratatouille. Ça me dégoûte. Je ferme les yeux.

– Tu te sens pas bien ? demande Lily.

Je ne vois pas pourquoi je lui répondrais. L'idiote. Si je fais le mort, j'ai une chance qu'elle me laisse tranquille. Mais ce n'est pas ce qu'elle fait. Elle pose la main sur ma jambe. Elle se penche sur moi. Elle murmure.

– Hé ! Jérémie ! Jérémie ?

Sale hypocrite.

– Tais-toi. Va-t'en.

J'ouvre les yeux. Elle est toujours là, assise par terre comme un flan. Elle essuie son nez. Elle pleurniche. J'ai envie de hurler.

– C'est toi qui es venue me chercher, avec ton histoire d'égalité. C'est toi qui m'as dit de te retrouver au cimetière. C'est pour toi que je me suis battu avec Élias. Pour toi que j'ai pris une semaine d'exclusion. Pour toi que j'ai fait pleurer ma mère. Et c'est encore pour toi que je me suis retrouvé à l'hôpital et que je vais pourrir ici pendant quinze jours. En plus, mon vélo est pété. Et c'est quoi la conclusion ? Qu'on peut pas être amis ? Vas-y, dégage, j'étais moins malheureux sans toi.

Elle m'écoute la tête baissée. Deux grosses larmes tombent sur le tapis. La comédie. On dirait que c'est elle, la malheureuse.

– Je reconnais, dit-elle, j'ai commencé. Je voyais qu'on était pareils, je savais qu'on s'entendrait. Le cimetière, l'ange debout, Marka... Et t'as vu ce qui s'est passé ? T'as été obligé de te battre, de te faire punir, de te faire casser la gueule, et même ton vélo il a pris. Sans moi, t'aurais pas eu de problèmes, t'aurais continué ta vie normale. J'apporte que des galères, Jérémie. Faut que ça s'arrête. Si je t'aime, je peux pas être ton amie.

La boule vient de se dissoudre. D'un coup. Respire à fond, disait la docteure. « Si je t'aime ». OK, docteure, je respire à fond. « Ton amie ». Je sens l'oxygène pétiller sous ma peau. Je crois même que je souris.

– N'importe quoi.

Elle s'essuie les yeux avec sa manche.

– Hé, Lily, tu crois que t'es maître du monde ? Je te rappelle que c'est ma lettre qui a tout commencé. C'est à cause de moi que tu t'es fait humilier dans la cour, puis qu'Élias t'a insultée. Pour le reste des embrouilles, je m'en suis chargé tout seul, merci. T'es pas responsable si je me bats. T'es même pas responsable quand je décide de pas me battre. Je suis grand. J'ai pas besoin de toi pour les galères. Je suis très capable de tout foirer tout seul.

Elle a les yeux qui plissent. Au moins, je la fais rire.

– Attends, attends… Tu veux dire quoi ? Toi non plus, tu peux pas être mon ami ?

Le problème avec Lily, c'est qu'elle adore les idées. Elle s'emmêle dedans et elle oublie les choses. Voilà dix minutes qu'elle me saoule avec ses discours tordus sur l'amitié au lieu de reconnaître qu'on est amis, voilà c'est fait, on l'a prouvé avec de la peur, avec de la rage, un ange et une tempête, avec des rires, des larmes et même du sang, sans compter que sa mère dîne avec la mienne et qu'en plus il y a Marka. Alors ?

– Jérémie, dit Lily, Jérémie, tu veux que je t'écrive une lettre de validation d'amitié pour que tout soit clair entre nous ?

Je l'ai finie, cette ratatouille. Lily aussi en a mangé.

– C'est pas totalement mauvais, a-t-elle remarqué. Ou alors j'ai faim.

– Difficile à valider. Tu devrais peut-être écrire une lettre.

Vraiment, j'adore la faire rire. Jusqu'à ce que je remarque qu'elle a pris la photo que j'avais posée sur l'accoudoir du canapé. Elle ne l'a même pas regardée, elle la tourne et elle la retourne, elle s'occupe les doigts, comme avec n'importe quelle carte à jouer.

– Lâche cette photo.

Je dois avoir une intonation bizarre parce qu'elle me jette un regard intrigué. Elle regarde la photo. Puis elle me regarde. Puis la photo. Elle dit :

– C'est ton père.

– Rends-moi cette photo.

– Tu lui ressembles.

Elle remet doucement la photo sur l'accoudoir.

– Je te demande pas de me dire. Mais il est beau.

– Je sais. Très beau.

Lily est allongée sur le tapis. Elle a les yeux qui se ferment. Moi aussi, je suis fatigué. J'ai l'impression que cette journée a duré mille ans. Tant que je ne bouge pas, mes côtes ne me font pas mal.

Les daronnes bavardent toujours à côté. Je n'entends pas ce qu'elles disent, mais leur conversation fait un bruit doux et continu qui amène le sommeil. Il faudra me porter dans mon lit. Et ne pas oublier ma photo.

Je pense à mon camion. Il est rangé au

garage. Il m'attend. Ça viendra. Mais j'ai beaucoup de choses à faire dans ce quartier avant de penser à partir. Beaucoup de choses à faire ici avant d'être vieux.

De la même autrice à *l'école des loisirs*

Collection Neuf

Une vague d'amour sur un lac d'amitié
Tu seras un homme, mon neveu
Le monde de Joseph
Ma vie d'artiste

Série Verte
Verte
Pome
Mauve

Série Quartiers sensibles
Babyface
Le ciel de Samir

Hors collection

Ne change jamais !

Collection Médium

J'envie ceux qui sont dans ton cœur
Les yeux d'or
Sothik

Série Le journal d'Aurore
1. *Jamais contente*
2. *Toujours fâchée*
3. *Rien ne va plus*
Le journal d'Aurore, l'intégrale

Série Les filles du siècle
Satin grenadine
Séraphine
La capucine

Collection Rue de Sèvres

Série Verte (illustrée par Magali Le Huche)
Verte
Pome
Mauve

Série Le journal d'Aurore (illustrée par Agnès Maupré)
1. *Jamais contente*
2. *Toujours fâchée*

Babyface (illustré par Olivier Balez)